식물학자의 숲속 일기

식물학자의　숲속
일기

메릴랜드 숲에서 만난 열두 달 식물 이야기

신혜우 지음

일러두기

1. 본문에 실린 그림과 사진의 저작권은 모두 저자에게 있다.
2. 인명, 지명 등 고유명사와 외래어는 국립국어원 '외래어 표기법'에 따랐다.
3. 식물명은 영명과 학명을 혼용했고 학명은 이탤릭체로 구분했다.
4. 단행본명은 겹화살괄호(《 》)로, 음악명은 홑화살괄호(〈 〉)로 표기했다.

식물과 계절을 발맞춰 걸으며

눈이 비가 되면 나뭇가지에 새싹이 틉니다. 시든 풀잎 사이사이 새잎이 하늘을 향해 솟아나고 봄꽃들이 만개합니다. 제가 이 숲을 떠나고 나면 봄꽃이 지고 새잎이 숲을 덮을 겁니다. 신록이 가득한 그때는 물기 가득한 연한 새싹들이 하루가 다르게 성장하며 각각의 향기를 내뿜습니다. 잎사귀들이 넓게 펼쳐지는 여름에 비가 오면 저는 숲속 이곳저곳에 가만히 서 있곤 했습니다. 서로 다른 형태와 크기의 나뭇잎 위로 떨어지는 빗방울 소리를 듣기 위해서였죠. 가을바람에 나뭇가지가 부딪히는 소리를 들으며 물살을 따라 줄지어 떠내려오는 낙엽을 구경하기도 했습니다. 나뭇잎 하나씩 단풍색을 구경하며 그 잎이 무슨 종인지 알아맞혔습니다. 강물을 따라 바다로 떠내려가는 낙엽은 잘 있으라 인사하는 가을의 손짓 같았지요. 이른 아침 풀잎에 서리가 내리면 가끔 짙은 안개가 신비함을 자아내고 어느새 겨울은 그 안개 뒤에 서 있었습니다. 그리고 눈이 내려 숲을 포근히 덮습니다. 눈송이는 가느다란 풀잎에도, 작은 열매에도, 보드라운 이끼에도 쌓입니다. 이곳의 사계절은 이제 언제든 떠올릴 수 있습니다.

3년 동안 일주일에 두세 번 숲속을 걸었습니다. 숲과 가까이 오랜 시간을 보낸 건 처음이었습니다. 식물학을 공부하며 자연을 누볐으나 일상 속에 숲이 있진 않았어요. 저는 그저 식물학 연구를 할 수 있는 곳을 찾고 있었고 우연히 미국 메릴랜드에 있는 스미스소니언 환경연구센터Smithsonian Environmental Research Center로 오게 되었습니다. 이곳으로 오기 전에는 이곳의 아름다운 자연을 짐작하지 못했죠. 연구소에는 숲, 강, 섬, 늪지를 포함한 드넓은 캠퍼스가 있었습니다. 같은 산책로를 걸어도 언제나 새로운 것들이 저를 기다리고 있었고 발견과 깨달음은 끝이 없었습니다. 자연 속에는 아름다움이 사방에 있었기에 산책할 때마다 복잡한 문제를 정돈하고 아름다운 생각을 떠올릴 수 있었습니다. 그 순간을 녹음하고 글로 옮겨 한 달에 한두 편의 글을 썼고 그 글들이 모여 이렇게 책으로 출판되었습니다. 봄에 조사한 작은 나무가 가을에 단풍이 든 걸 발견했을 때 놀랐습니다. 나뭇잎이 가을에 단풍이 드는 건 당연한 이치지만 단 두 장의 잎만 있는 작은 나무가 기나긴 여름을 견디고 가을에 단풍이 든 모습은 감동적이었지요. 그런 변치 않는 자연의 영속성은 제가 지치지 않고 책을 마무리할 수 있는 원동력이었습니다.

2018년, 지도교수님이신 이화여자대학교 이남숙 교수님과 이곳의 지도연구관이신 데니스 위검 박사님^{Dr. Dennis Whigham}의 인연으로 처음 연구소에 왔습니다. 1년을 보내며 새로운 경험과 배움도 많았지만 다른 한편으론 인생에서 가장 외로운 시간이었습니다. 외로움이 무섭도록 컸던 탓에 연구소를 떠나 한국으로 돌아갈 때는 다시 이곳으로 돌아오지 않겠다고 다짐했었지요. 한국에 돌아오자마자 미국에서의 모든 일은 꿈처럼 느껴졌습니다. 금방 일상에 녹아들어 아무 일 없던 것처럼 바쁜 나날을 보냈죠. 메릴랜드에서 있었던 좋은 일과 소중한 만남을 깊은 곳에 묻어두었습니다. 그러나 인생은 한 치 앞을 알 수 없지요. 2023년에 연구소로 다시 가기 위해 비행기를 기다리며 제가 했던 다짐이 참 부질없다고 느꼈습니다. 다시 맞닥뜨리게 될 외로움이 막막했지만 식물 연구를 위해서는 최고의 선택이었습니다. 사실 다시 여행을 떠날 수 있었던 용기는 너무 외롭다면 당장 한국으로 돌아갈 거란 어린 생각에 있었습니다. 연구소에서 공부할 수 있도록 기회와 도움을 주신 분들께 죄송하게도 말이죠.

미국에 도착해 다시 연구소 생활을 시작하기 전에 지난 1년의 생활을 살펴보았습니다. 아무것도 이루지 못했고 외롭기만 했다고 묻어두었는데 그때의 고생은 다음 2년을 보낼 수 있는 튼튼한 발판이 되었습니다. 그리고 곳곳에서 발견한 지도교수님과 연구관님의 믿음과 도움은 제가 나쁘지 않은 식물학자였다고 스스로 위로할 수 있는 큰 힘이었습니다. 또한 데니스 위검 박사님에 이어 저를 지도해주신 멜리사 매코믹 박사님^{Dr. Melissa McCormick}, 결정적인 순간에 제가 길을 잃지 않게 도와주신 순천향대학교 이용석 교수님, 한림대학교 김영동 교수님, 대구경북과학기술원 곽준명 교수님, 영남대학교 김용식 교수님의 도움을 잊을 수 없습니다.

한 달 전 출근길에 지난 3년의 연구 기간을 돌아보며 마음속으로 참 감사하다고 되뇌었습니다. 저를 도와준 한 명 한 명의 얼굴을 떠올릴 때는 감사하다고 소리 내어 말했죠. 행복하고 즐거운 순간을 떠올리며 감사하다는 말을 이어갔습니다. 너무도 고마운 사람과 행복한 순간이 많아 '감사합니다'라는 말을 한참 동안 멈출 수 없었습니다. 그리고 어느 순간부터 저는 울고 있었죠. 이곳에서 있었던 좋은 일도 어려운 일도 제가 무사히 통과했음을 깨달았습니다.

나이가 드는 건 그만큼 경험이 많아져 무언가를 해결할 수 있는 답을 얻게 되는 것이라고 합니다. 하지만 다른 한편으로는 경험에서 얻은 수많은 상처와의 싸움이기도 합니다. 그런 나쁜 기억은 좋은 일이 일어나기도 전에 재빨리 망쳐버리거나 포기하게 되는 원인이기도 합니다. 제가 가진 나쁜 기억과 편견으로 새로운 문화와 다양한 사람들을 보지 못하고 스스로 마음의 문을 닫지 않길 늘 기도했습니다. 또한 그런 편견이 글이 되고 다른 이들에게 전해지지 않길 바라며 글을 썼습니다. 대신 글에 담고자 한 것은 항상 사랑이었습니다. 세상과 사람, 자연에 대한 사랑입니다. 특히 숲의 품에 안겨 느꼈던 사랑이 독자들에게 전해지길 바랍니다. 또한 미국에 처음 살게 된 한국인, 해외 연구소에 있는 어린 과학자, 미래를 고민하는 여성 과학자, 과학과 예술 사이에 있는 사람, 자연을 마주하는 인간으로서 독자분께 공감과 위로가 되길 바랍니다.

2025년 봄을 시작하며
신혜우

차례

프롤로그 식물과 계절을 발맞춰 걸으며 5

겨울

1월 오늘의 식물과 내일의 식물 17
눈이 내려앉았다 떠난 자리 22

2월 브로콜리꽃을 떠올리며 한 걸음 28
비밀의 화원을 만든 크로커스 33

봄

3월 서양에서 처음 봄을 알리는 꽃 41
배꽃이 핀 어느 날 배나무에 대한 오해를 풀다 46

4월 4월의 소나기는 5월의 꽃을 부른다 52
꽃잎이 진다고 꽃이 사라지는 건 아니다 57
부러진 가지에 새싹이 나면 62

5월 꽃보다 아름다운 잎사귀들 68
그 나무가 거기 있으므로 72
식물 위에 수놓아진 아름다운 빛들 77
어쩌다가 우리가 알게 되어 82

여름

6월
보이지 않는 생명체들의 아름다움 89
숲속의 어두움으로부터 94
귀여운 식물 탐험가 99

7월
녹음 속 여름 열매들 105
'식물 먹기'에도 시작이 있었다 110
자연에는 편견이 없다 115
죽은 튤립나무가 흙이 되려면 120

8월
한여름, 나무의 성장과 상처를 바라보며 126
꽃은 정성스럽고 참되게 핀다 131
아마존에서 새로운 길을 찾다 136
왜 첫눈에 사랑에 빠질까 141
작은 우리가 큰 나무를 만나는 방법 146

가을

9월
식물이 씨앗을 심는 계절 153
저 멀리 파우파우밭 너머 158
자연스럽게 유유히 163
콩을 심은 곳에 콩이 난다 168

10월
피지 않는 꽃도 자신의 역할을 잊지 않는다 174
작은 덤불도 누군가에겐 숲이다 179

11월
같은 식물, 다른 삶 185
우리는 다른 생물을 위해 무엇을 하고 있을까 190
습지에 살던 작은 나무, 크랜베리의 여행 195
과학 이어달리기 200
이제는 끝내야 할 때 205
일곱 개의 언어 210

다시 겨울

12월 겨울 숲속에서 만난 선물 같은 나무 217

떨어진 나뭇잎의 운명 222

안개 낀 숲속에서 혼자 227

에필로그 태평양의 동쪽에 서서 232

부록 237

감사의 말 262

겨울
Winter

1월

January

오늘의 식물과 내일의 식물

1월은 한 해를 시작하는 달이지만 겨울 추위가 한창인 달이기도 하다. 이맘때 숲은 완전히 얼어버린 것 같다. 초겨울엔 가을의 여운이 남아 있지만, 한겨울 숲은 적막하기 그지없다. 그래도 나는 숲으로 간다. 겨울에는 겨울에만 들을 수 있는 식물의 이야기가 있기 때문에.

흔히 풀과 나무를 구별할 때 나무둥치와 땅 위에서 자라는 식물체를 살펴본다. 추운 겨울이 오면 나무는 땅 위에 둥치와 가지가 살아남는데, 풀은 뿌리가 살아 있더라도 땅 위의 식물체는 죽는다. 그런데 메릴랜드의 숲속엔 겨울에도 초록 잎을 펼치고 있는 풀이 있다. 솔잎처럼 가늘고 단단하거나 동백잎처럼 두껍고 가죽질도 아닌, 연약하고 얇은 잎을 단 하나 피워올리며. 우리나라의 비비추난초와 친척인 크레인플라이난초^{Cranefly Orchid}다.

크레인플라이난초는 이곳 미국 연구소 숲속에서 쉽게 만날 수 있지만 볼 때마다 참 신기한 난초다. 꽃이 피는 시기와 잎이 나는 시기가 달라 함께 있는 모습을 볼 수 없는 상사화처럼 이 난초도 꽃과 잎이 따로 난다. 게다가 광합성하기 좋은 계절을 놔

두고 겨울에 잎을 낸다. 크레인플라이난초의 꽃은 여름에 피는데 가늘고 섬세한 곤충을 닮았다.

'크레인플라이Crane fly'는 각다귀라는, 이름은 좀 생소해도 우리나라에서 누구나 한 번쯤 만나본 곤충이다. 사람을 물지 않는데도 거대한 모기처럼 생겨서 생김새 때문에 미움받는다. 나는 여름부터 난초의 꽃을 관찰했고 늦가을에 열매가 익었을 때 돌돌 말린 잎이 솟아나는 걸 지켜보았다. 지금은 낙엽 사이에서 완전히 잎을 펼친 한겨울 모습을 관찰하고 있다. 그러다 문득 잎 아래 뿌리가 궁금해졌다. 분명 평범한 뿌리는 아닐 것이기 때문이다. 여름에 꽃을 피워올리기 위해 겨우내 잎으로부터 얻은 에너지를 뿌리 쪽에 축적하고 있을 것이다. 난초 한 촉을 파서 관찰해보니 잎 하나마다 에너지를 저장할 수 있는 동그란 알줄기가 달려 있었다. 알줄기는 몇 개가 차례로 이어져 있기도 했다. 크레인플라이난초의 알줄기엔 전분이 많고 먹을 수 있으며 감자 맛이 난다고 한다. 도감으로만 봤던 알줄기를 실제로 처음 본 순간 나는 엉뚱하게도 '아, 반투명하고 동글납작한 찹쌀떡 같네'라고 생각했다.

우리는 새로운 형태를 마주하면 우리가 알던 어떤 것을 떠올린다. 식물을 관찰하면서 나는 그런 적이 많았다. 그러나 크레인플라이난초의 뿌리를 보고 찹쌀떡을 떠올린 건 조금 다른 영향이 있었다. 나는 요즘 향수병에 걸려 있기 때문이다. 특히 해외에 나와 있는 이들이 그렇듯 먹고 싶은 음식이 많은데 유독 떡이 그렇다. 한번은 자원봉사를 하는 농장에서 봄에 쑥이 올라오는 걸 보고 다른 미국인 자원봉사자들은 아주 끈질기고 골치 아픈 잡초가 올라왔다며 한탄했는데 나는 그 와중에도 쑥떡이 먹고 싶었다.

온갖 종류의 고소한 떡을 미국의 달콤한 디저트로 대신하긴 했지만 한 가지는 해소되지 않았다. 새해를 맞이하며 먹는 떡국이었다. 그건 서러움마저 불러일으킨다. 물론 국제마트로 가면 떡을 구할 수는 있지만 내가 사는 소도시에선 고속도로를 타고 꽤 가야 한다. 그러다 최근에 한 미국 마트에서 냉동 김밥을 팔기 시작했는데 엄청난 인기를 얻고 있다는 뉴스를 보게 되었다. 같은 이름의 마트가 동네에도 있어 궁금증에 냉동 코너를 가봤다. 동네 지점이 작아서인지 김밥은 없었지만 뜻밖의 식재료를 마주하게 되었다. 그것은 떡국용 떡이었다. 즉석 떡볶이 세트도 아니고 떡국용 떡을 미국 마트에서 판다니 얼마나 놀랐는지.

사실 나는 4년 전에 머물렀던 이곳 연구소에 다시 오기까지 무척 망설였다. 외로움이나 그리움을 넘어 나는 미국 문화와 잘 맞지 않는다고 생각했기 때문이다. 그런데 4년 만에 다시 온 이곳은 어딘가 많이 다르게 느껴졌다. 생소함이 익숙함이 된 나 자신의 변화도 있었겠지만 한류의 영향으로 환경도 바뀌어 있었기 때문이다.

크레인플라이난초의 잎은 그 형태가 매우 다양하다. 학술적인 이름은 티풀라리아 디스콜로르$^{Tipularia\ discolor}$다. 디스콜로르(discolor)는 두 가지 색을 의미하는데 잎을 뒤집어보면 앞면의 초록색과 대조되는 짙은 보라색이다. 그 이유에 대한 몇 가지 가설이 있다. 자외선으로부터 잎을 보호하거나, 잎을 투과한 빛을 반사해 한 번 더 이용하기 위함이라는 것, 또는 빛을 잘 받는 어두운 색상으로 겨울에 얼지 않기 위함이라는 것 등이 있다. 뒷면이 똑같이 보라색이더라도 앞면에 변화가 있기도 하다. 잎 앞면까지 모두 보라색을 띠거나 진한 반점이 나타나기도 한다. 최근 한 연구에서 이러한 각기 다른 잎은 광합성 능력의 차이가 없다고 보고되었다. 환경이 다른 곳에서 키워도 같은 개체는 같은 종류의 잎만 계속 만들기 때문에 환경 적응을 위한 게 아닌 그저 유전된 특성이라는 것이다. 그러나 보라색이나 반점이 있는 잎은 초식동물이 발견하기 어렵게 하거나 꺼리도록 하여 스스로를 방어할 수도 있다는 결론이었다.

우리도 이 난초처럼 공통적인 특성도 있겠지만 각자 다른 특성이 있다. 한국인으로 태어나 한국에서 오래 살아온 내가 갑자기 이곳에 맞게 변할 수는 없다. 보라색 잎을 내는 난초가 환경이 바뀌어도 계속 보라색 잎을 내듯이. 어떤 특성을 가진 개체들은 환경에 더 잘 적응한다. 그 개체만 살아남기도 하고 새로운 종으로 분화되기도 한다. 그에 반해 어떤 특성은 아무 쓸모가 없다. 그러다 환경이 변하면 그것이 훌륭한 능력이 되기도 한다. 나는 숲도, 숲속에 사는 생물들도, 이 연구소와 도시의 풍경도 변하지 않았다고 생각했다. 그러나 지구에서 해를 거듭하며 변하지 않은 건 없다. 스스로 변하기도 힘들고, 발전하지도 않았다며 돌아오길 망설였지만 나도 4년 전의 내가 아니다. 외국인이라 좌절했던 순간들이 뿌듯함으로 바뀌었던 한 해가 가고 이곳에서 다시 희망을 안고 새해를 맞이한다.

눈이 내려앉았다 떠난 자리

메릴랜드에는 최근 몇 년 동안 기후변화로 인해 눈이 거의 오지 않았다고 한다. 내가 미국에 도착했던 1월에도 잠시 싸락눈이 날렸을 뿐이다. 올해도 벌써 겨울의 반이 지났는데 추운 날도 별로 없었고 눈도 만날 수 없었다. 그러다 어제, 겨울의 한가운데인 1월 15일에 갑자기 아침부터 눈이 날리기 시작했다. 눈발은 점점 거세졌고 밤에도, 새벽에도 함박눈이 멈추지 않았다. 나는 쏟아지는 눈에 신이 나서 함께 사는 강아지인 엘리의 모양으로 강아지 눈사람을 만들었다. '스노우엘리'라고 이름도 붙였다. 다음 날 아침에 보니 밤사이 눈이 많이 쌓여 강아지 눈사람은 꽤 커져 있었다. 집주인 할머니는 웃으며 스노우엘리가 밤사이 자랐다고 하셨다. 나는 커다랗게 자란 스노우엘리를 보고 얼른 연구소로 출근했다. 눈이 녹기 전에 하얗게 변한 캠퍼스를 보고 싶었기 때문이다.

눈 쌓인 연구소 풍경은 정말 아름다웠다. 숲과 들판, 강변을 정신없이 구경했다. 언덕에서 드넓은 들판을 내려다보니 수많은 기러기가 까맣게 앉아 있었다. 그곳으로 다가가자 한꺼번에 기러기들이 하얀 눈밭 위로 날아올랐다. 산책로는 두껍게 눈으로 덮여 새하얗고 폭신한 카펫처럼 되어 있었고 이른 시간이라 사람 발자국도 없었다. 간혹 토끼, 너구리, 여우, 사슴 등 야생동물의 발자국이 귀엽게 찍혀 있곤 했다. 쉼 없이 돌아다니다 조금 지쳤을 즈음 갑자기 예전 기억이 떠올랐다.

도시에 살 때 사람들이 눈 덮인 풍경이 깨끗하고 아름답다고 얘기하면 나는 동의하지 않았다. 어릴 때부터 그건 비겁한 풍경이라 생각했다. 지저분하고 아름답지 못한 것이 눈 밑에 그대로 있으니 그건 진정한 아름다움이 아니라고 느꼈기 때문이다. 두껍게 쌓인 눈을 뚫고 뾰족뾰족 튀어나와 있는 풀잎들을 발견했을 땐 '거봐, 어떤 건 절대 덮을 수 없어'라는 생각이 더해졌다. 부정적인 생각들이 이어지며 예전에 겪었던 안 좋은 일들이 하나씩 떠올랐다. 나를 괴롭혔던 사람들의 얼굴, 동조했던 방관자들, 이해할 수 없는 사건들. 아픔으로 남아버린 기억들 말이다. 이렇게 먼 타국에서 좋은 풍경을 보면서도 왜 그런 슬픈 생각을 하고 있을까 한탄했지만 멈춰지지 않았다.

나는 가끔 현실에서 도망가려고 한다. 눈으로 지저분한 것들을 덮어버리는 것처럼 비겁하게. 그러나 어디서든 마음은 그대로니 제대로 도망간 것이라 할 수도 없다. 눈에 미처 파묻히지 못하고 뾰족뾰족하게 튀어나온 풀잎 같은 게 문득문득 머릿속에 떠오르고 그 생각을 끊어내지 못하는 걸 보면. 나는 그런 나 자신을 알기에 무리해서라도 정면으로 문제에 부딪쳐 근본적으로 해결하려 한다. 피하거나 덮어버리는 비겁한 방법이 결국은 어떤 해결도, 위로도 되지 않는 것 같아서다. 뾰족한 풀잎 끝처럼 가끔 나를 괴롭히고 눈이 녹으면 또다시 완전히 드러날 것이기에. 인내심이 부족하고 분명한 것을 좋아하는 성격 때문이기도 하다. 그러나 오늘은 아름다운 풍경을 보면서도 슬픈 기억을 떠올리는 내가 한심하게 느껴졌다. 그래서 눈이 내려 대지를 덮고, 녹고, 사라지는 게 실제로 어떤 의미가 있는지 곰곰이 떠올려보았다. 자연의 법칙에서 어쩌면 부정적 생각을 잘 떨쳐내고 위로받을 방법을 찾을지도 모르니까.

눈은 얼음이지만 눈송이 사이사이에 촘촘한 공기를 품어 폭신폭신하다. 이것은 차가운 공기를 차단하는 이불과 같은 역할을 한다. 눈 더미 아래는 주변보다 따뜻해서 흙 속의 생물들을 얼어붙지 않게 한다. 눈이 덮여 있는 동안 일정한 온도를 유지하여 생물들이 급격한 기온변화에 해를 입거나 계절을 혼동하여 생체리듬이 깨지는 걸 막는다. 눈이 땅을 감싸고 덮어 불안정한 변화를 완화하는 것이다. 나는 문제를 잠시 피하거나 덮어놓는 것이 당장은 문제를 해결하는 정확한 방법이 아니어서 눈가림처럼 생각했었다. 그러나 만약 한겨울의 혹독한 추위처럼 그 문제가 오랫동안, 혹은 영원히 해결될 수 없는 것이라면 분명 잠시라도 덮어 두는 게 나을지도 모른다. 불안정에서 벗어나 마음의 평온을 유지하여 생각할 시간을 가지기 위해서 말이다. 덮는다는 건 가린다는 의미도 있으나 그 안이 따뜻하고 보호된다는 의미도 있으니까.

눈은 대지로 내려오는 동안 눈송이에 공기 중의 질소를 부착한다. 그리고 땅 위에 쌓여 있다가 온도가 높아질 때마다 서서히 녹아내리면서 토양에 물과 질소를 지속해서 공급해준다. 그것은 동시에 토양을 덮고 있기에 토양의 질소와 수분이 날아가지 않도록 보호한다. 봄에 눈이 완전히 녹아내릴 땐 한꺼번에 풍부한 물과 질소로 변해 씨앗이 새싹을 틔울 수 있게 한다. 덮여 있는 눈이 녹으면서 아주 천천히 변화를 일으키듯, 문제를 덮어놓는 동안 나는 시간을 가질 수 있고 무언가 새롭게 배워나가며 아주 조금씩 해결해나갈 수 있다. 또한 덮어두는 동안 환경이 변해서 내가 가진 문제가 쉽게 해결되어버릴 수도 있다. 살아가면서 무언가를 빨리 마무리하고 마침표를 찍는 것도 필요하지만, 때론 답답해 보여도 서서히 변화를 지켜보는 것도 필요하다.

나는 마침표를 찍는 건 잘했지만 늘 인내심은 부족했다. 게다가 나이가 들면서 빠른 해결책보다 인내심이 필요한 문제들이 더 많아지는 것 같다. 마음속에서 완전하게 지워버리는 가장 좋은 방법은 그것을 꺼내어 다시 복기하지 않는 것인 듯하다. 짧은 시간이라도 조금씩 덮어놓다 보면 언젠가 기억나지 않을 정도로 치유될 수도 있지 않을까?

눈이 내리는 동안, 쌓여 있는 동안, 서서히 녹아내리는 동안 느리지만 변화는 일어난다. 눈이 녹아버리면 처음으로 돌아간 듯 보여도 사실 그렇지 않다. 짧은 시간 내리는 비보다 느리기에 눈에 띄지 않을 뿐 긴 시간 속에서 직접적으로 혹은 간접적으로 다양한 영향을 준다. 눈더미 아래 보호받고 도움받는 다른 생명들을 상상하며 어느새 눈 내린 풍경은 나를 위로해주고 있었다.

2월

February

브로콜리꽃을 떠올리며 한 걸음

4년 전 지도교수님의 권유로 1년을 보냈던 연구소로 돌아와 긴 시간을 보내고 있다. 이곳에 다시 오게 될 줄은 꿈에도 몰랐다. 왜냐하면 그 1년이 내게 별로 유쾌한 기억으로 남아 있지 않았기 때문이다. 좋은 사람들을 만나고 새로운 경험도 했지만 기억 속 대부분은 쓸쓸함으로 채워져 있었다. 평소 가고 싶었던 영국과 싱가포르에 있는 식물원에 먼저 연락했지만 일이 잘 풀리지 않았다. 그에 반해 미국 연구소의 선임연구관님은 언제나 반갑게 내게 연락을 주셨다. 4년 전처럼 이번에도 존경하는 지도교수님과 선임연구관님을 믿고 따르기로 했다. 그러면서도 마음 한구석에는 미국으로 떠나고 싶지 않은 마음이 간절했다.

미국으로 떠나기 전 한국 식물을 조금이나마 더 보고 싶어서 제주도를 여행했다. 한겨울이라 서울에는 볼 수 있는 식물이 거의 없었다. 봄꽃을 만나기는 이를 거라 예상했는데 반갑게도 몇 가지 식물을 만날 수 있었다. 제주도에 봄이 왔다고 하면 뉴스에는 산방산 근처 유채꽃밭이 자주 등장한다. 이 계절에도 유채꽃이 피었을까 궁금해 산방산을 찾아가보았는데 벌써 노란 꽃들이 꽤 피어 있었다. 봄꽃에 목마른 관광객들이 유채꽃밭에 들어가 사진을 찍느라 분주했다. 밭에는 밟혀서 스러진 유채꽃들이 보였다. 유채꽃처럼 고생하는 다른 식물들도 있었다. 유채꽃과 같은 시기에 피는 냉이와 꽃다지다. 관광객들이 돌담을 넘어가면서 냉이와 꽃다지를 모두 밟고 지나가버렸다. 사실 돌담 안에 가득한 유채꽃처럼 돌담 밖 냉이와 꽃다지도 봄을 알리는 전령인데 말이다.

시골에 살던 어린 시절 아지랑이 피는 봄에 밭에 가면 가장 먼저 핀 꽃이 냉이와 꽃다지였다. 재미있는 건 이 작은 꽃들을 가까이 들여다보면 유채꽃을 축소한 듯 똑 닮았다. 유채, 냉이, 꽃다지 모두 십자화과 식물이기 때문이다. 십자화과^{Cruciferae}는 꽃잎이 네 개이며 십자(cross) 모양으로 펼쳐져 있어서 붙여진 이름이다. 그 밖에도 네 개의 꽃받침, 두 개의 짧은 수술, 네 개의 긴 수술이 십자화과꽃의 공통된 특징이다. 큰 유채꽃을 먼저 살펴본 후 냉이와 꽃다지의 꽃을 관찰해보면 작은 꽃의 구조를 쉽게 이해할 수 있다. 십자화과 식물들은 형태뿐 아니라 쌉쌀한 채소 냄새도 닮았다. 우리가 즐겨 먹는 무, 배추, 양배추, 케일, 순무, 봄동, 컬리플라워, 청경채, 콜라비, 고추냉이, 겨자, 브로콜리 등이 모두 십자화과 식물이다. 십자화과의 다른 이름은 배추과^{Brassicaceae}인데 이 이름은 여러 배추 종류^{brassica}에서 유래했다.

나는 유채, 냉이, 꽃다지가 보이면 이런 십자화과에 관한 식물학적 내용을 되새기며 이제 정말 봄이 시작되었다고 느낀다. 그런데 올해는 또 다른 십자화과 식물인 브로콜리가 내 봄꽃 목록에 추가되었다. 유채밭을 보고 숙소로 돌아오는 길에 브로콜리밭을 우연히 발견하게 되었는데 나는 활짝 핀 브로콜리꽃을 보고 너무 감격했다. 그 이유는 이렇다.

어릴 때 브로콜리는 한국에서 지금처럼 흔치 않은 채소였다. 데친 브로콜리를 처음 식당에서 봤을 때 나는 너무 신기해서 먹을 수 없었다. 채소는 재배식물이라 야생식물처럼 내 연구 대상은 아니지만 그래도 식물이기에 언제나 내 흥미를 끈다. 해외나 국내에서 낯선 채소를 발견하면 꼭 사서 관찰하고 식물학적 내용을 찾아본 후 맛을 본다. 이런 습관은 어릴 때부터 있었다.

식당에서 나온 브로콜리를 본 후 나는 당장 브로콜리를 사러 갔다. 막 판매되기 시작한 브로콜리는 당시 꽤 비쌌다. 학생 때라 용돈이 넉넉하지 않았지만 나는 비싼 브로콜리를 사 와서 열심히 관찰했다. 몽글몽글한 초록 덩어리 중 가장 작은 덩어리를 잘라 관찰했을 때 그것이 꽃봉오리이고, 브로콜리가 이 수많은 꽃봉오리로 이루어진 형태라는 걸 깨달았다. 너무 놀라 주변 사람들에게 달려가 방금 내가 발견한 이야기를 했는데 누구도 내 말을 믿어주지 않았다.

이걸 어떻게 해야 제대로 증명할 수 있을지 고민하다가 브로콜리를 사서 물병에 꽂아두었다. 브로콜리도 꽃봉오리이니 물병에 꽂아두면 꽃이 피리라 생각했다. 무슨 색 꽃이 필지 기대하는 것도, 거대한 꽃다발이 되는 것도, 사람들에게 거대한 꽃다발을 보여주는 상상을 하는 것도 즐거웠다. 그러나 일주일쯤 지나자 브로콜리는 누렇고 뜨다 갈색으로 변하며 그대로 썩어버렸다. 몇 번 더 시도했지만 마찬가지였다.

꽃집에서 파는 꽃들은 줄기가 잘린 상태여도 집에 가져와 꽃병에 꽂아두면 꽃을 피운다. 하지만 어떤 경우는 꽃봉오리일 때 줄기를 잘라 꽃병에 꽂아도 꽃을 피우지 못한다. 잘린 꽃봉오리가 너무 어리거나, 물을 잘 흡수하지 못하는 줄기 구조이기 때문이다. 브로콜리도 그런 이유로 꽃을 피우지는 못했을 것이다. 이후 시간이 흘러 브로콜리가 꽃봉오리라는 것이 대중적으로 꽤 알려지게 됐고 나는 브로콜리 실험에 실패했던 어린 시절 기억을 잊고 있었다. 그런데 이번에 제주도에서 처음으로 진짜 브로콜리꽃을 본 것이다. 내가 상상한 대로 거대한 노란 꽃다발로 자라난 것에 환호했다. 밭주인이 수확하지 않고 내버려둔 것인데 내가 키운 것도 아니면서 한없이 뿌듯했다.

브로콜리는 유럽에서 자라는 브라시카 올레라케아_Brassica oleracea_라는 야생식물의 재배 품종이다. 한국에서는 처음에 모두 수입

되었지만 지금은 제주도를 중심으로 국내에서도 키워진다. 채소로 수입된 형태만 보다가 처음으로 브로콜리의 잎과 꽃을 보게 되어 환호했다. 유럽에서 야생종을 만난다면 얼마나 더 크게 환호할까. 새로운 곳에 가면 새로운 식물이 기다리고 있다. 책으로만 알던 식물도 서식처에선 내가 몰랐던 수많은 이야기를 들려준다. 제주 여행을 마치고 나니 미국으로 떠날 용기가 생겼다. 브로콜리꽃을 만난 기쁨을 떠올리며 앞으로 펼쳐질 모험에서 만날 새로운 식물들을 상상해본다.

비밀의 화원을 만든 크로커스

　작년 2월에 선임연구관님과 나는 연구소 캠퍼스에서 사람들이 가지 않는 후미진 곳에 갔다. 그쪽 부지는 내가 생각했던 것보다 훨씬 넓었고, 무성하게 자란 잡초들 사이로 버려지거나 무너진 건물들도 있었다. 가다 보니 문으로 가로막혀 있는 폐쇄된 도로가 나왔는데 연구관님은 열쇠로 문을 열고 더 안쪽으로 나를 데려가셨다. 그 길의 끝에 큰 폐건물이 나왔다. 예전에는 연구소에서 사용하던 건물이었지만 지금은 쓰지 않아 출입문과 창문이 막혀 있었고 으스스한 분위기를 자아냈다. 연구관님은 이곳에서 핼러윈 파티를 열면 좋겠다고 농담하셨다. 연구관님이 그곳에 나를 데려간 이유는 폐건물 옆에 큰 동백나무가 자라고 있었기 때문이다. 한국에선 흔한 나무지만, 나는 연구소는 물론이고 메릴랜드에서 한 번도 동백나무를 본 적이 없었다. 연구관님은 동백나무에 꽃이 피면 꽃을 꺾어다 아내에게 주신다고 하셨다.

　동백나무는 내가 기대했던 것보다 크고 나이가 많아 보였다. 오래된 건물은 이제 쓰지 않지만 정원을 만들 때 심었던 동백나무는 그 자리에서 쉬지 않고 자라났다. 꽃이 피지 않았을까 걱정했는데 다행히 빨간 동백꽃이 하나둘 막 피어나고 있었다. 활짝 핀 동백꽃을 찾기 위해 더 안쪽으로 들어갔다. 건물 뒤뜰에 도착했을 때 우리는 굉장한 광경을 마주하게 되었다. 뒤뜰은 연보랏빛 꽃들로 가득 뒤덮여 있었다. 동백꽃보다 일찍 핀 크로커스꽃들이었다. 수백, 아니 수천 송이는 되어 보였다. 우리는 크로커스꽃이 만개한 정확한 시기에 우연히 그곳에 도착한 것이다. 캠퍼스 후미진 지역에 폐쇄된 문을 열고 그 건물까지 누군가 왔더라도 건물 뒤에서, 게다가 겨울이 지나가지 않은 2월에 찾아와 크로커스를 만난 이는 없었을 것 같다. 동백꽃을 꺾으러 온 적이 있던 연구관님도 크로커스꽃에 놀라셨다. 그곳은 비밀의 화원이었다. 숨겨진 것뿐만 아니라 특정한 날짜에만 잠시 마법처럼 나타나는.

크로커스는 붓꽃과의 한 그룹으로 100여 종이 속한다. 보랏빛 꽃을 피우는 종 외에도 노란색이나 흰색 꽃을 피우는 종도 있고, 이른 봄이 아닌 가을에 꽃을 피우는 종도 있다. 그러나 가장 많이 알려진 건 아주 이른 봄에 연보랏빛 꽃을 피우는 종들이다. 세계적으로 손에 꼽히게 사랑받는 원예식물인데 이렇게 크로커스가 사랑받는 이유 중 하나는 우리나라 복수초처럼 초겨울이나 이른 봄에 꽃을 피워 봄을 알리는 전령으로 여겨지기 때문이다. 크로커스는 아주 오래전부터 사람들의 사랑을 받아서 문화, 역사, 종교적으로 흔히 등장하는 식물이기도 하다. 특히 크로커스의 한 종, 크로커스 사티부스^{Crocus sativus}는 샤프란이라 불리며 염료와 향신료로 중요하게 쓰인다. 우리나라에서는 섬유유연제의 이름으로 더 친근하지만 사실 진짜 샤프란은 전 세계에서 가장 비싼 향신료이다. 샤프란은 황금빛 눈부신 노란색을 내며 독특한 향과 맛을 가진다.

나는 처음 샤프란에 대해 알게 되었을 때 색과 향이 궁금하긴 했지만 딱히 먹어보고 싶은 생각이 들지는 않았다. 왜냐하면 꽃에게 너무 미안했기 때문이다. 아마 크로커스꽃을 직접 보면 그런 생각이 들 것이다. 크로커스는 이른 봄에 발에 밟힐 정도로 작은 키로 올라온다. 얇은 붓으로 그린 것처럼 섬세하고 가는 잎사귀 사이에서 우아한 컵 모양의 꽃이 피어난다. 끝나지 않은 겨울 추위 속에 마른 낙엽과 눈을 헤집고 연약하게 흔들리며 서 있는 모습을 보면 손대기도 미안할 정도다. 그런데 우리가 쓰는 샤프란 향신료는 꽃을 헤집어 그 속에 있는 암술대만 뽑아 모은 것이다. 암술대가 없어진 꽃은 곤충이 와도 꽃가루를 받을 수 없고 결국 열매와 씨앗을 맺지 못한다.

다행히 크로커스는 똑똑하게도 씨앗을 맺지 않고 번식하는 다른 방법을 알고 있다. 크로커스를 파보면 뿌리 위쪽 줄기가 불룩하게 부푼 것을 볼 수 있다. 이것을 흔히 알뿌리, 정확히는 비늘줄기라 부른다. 우리가 가장 잘 아는 비늘줄기에는 마늘과 양파가 있다. 나는 작년에 자원봉사를 하던 농장에서 마지막으로 늦가을에 마늘을 심었다. 마늘쪽을 하나씩 뜯어서 땅속에 심었는데 그 마늘쪽들은 내년에 각각 복제식물로 자라날 것이다. 이처럼 크로커스도 비늘줄기를 만들어 복제식물을 만들 수 있다. 크로커스 외에도 튤립, 수선화, 히아신스, 백합, 나리 등이 이 방법을 이용한다.

씨앗을 만들고 그 씨앗이 한 식물로 자라나려면 많은 시간과 복잡한 과정이 필요하다. 성공적인 수정과 씨앗 산포 후 매년 조금씩 자라나 꽃을 피울 수 있는 성숙한 식물이 되기까지 말이다. 크로커스의 경우 씨앗이 싹트면 처음 가느다란 단 하나의 잎으로 첫해를 보낸다. 에너지를 모아 비늘줄기를 볼록하게 만들고 꽃을 피울 수 있는 성숙한 식물이 되기까지 3~5년이 필요하다. 하지만 비늘줄기는 그런 수고와 시간을 줄여준다. 아마도 내가 만난 크로커스는 처음에 그 건물 옆 정원 식물 중 하나로 몇 촉이 심겨 있었을 것이다. 그리고 오랜 시간을 거쳐 씨앗과 비늘줄기를 만들며 퍼져나갔을 것이다. 개체수가 증가할수록 더 빨리 많은 수의 자손을 만들고 결국 그 뒤뜰을 비밀의 화원으로 만들어버렸다.

나는 작년에 크로커스 사진을 찍은 날짜에 맞춰 올해 다시 그 비밀의 화원에 갈 것이다. 아마도 크로커스는 작년보다 올해 조금 더 영역을 넓혀 더 많은 꽃을 피워낼 것이다. 사람이 만든 건물은 그대로 두면 시간이 갈수록 허물어지며 처량한 모습이 되지만 식물은 더 아름다워진다. 프랜시스 버넷이 쓴 《비밀의 화원》이라는 소설도 있다. 소설은 오랫동안 많은 사랑을 받으며 뮤지컬로도 재탄생했다. 뮤지컬은 브로드웨이에서 공연되고 있는데 이 작품을 여는 오프닝곡의 제목이 〈크로커스 꽃송이들Clusters of Crocus〉이다. 노래 가사의 첫 구절이기도 하다. 나는 이번에 그 비밀의 화원에 가면 크로커스 꽃들에게 이 음악을 들려주고 싶다. 비밀의 화원을 만들어낸 크로커스에 경의를 표하며.

봄

Spring

3월

March

서양에서 처음 봄을 알리는 꽃

실험실 동료들과 한 식물원에서 열린 오키드쇼^{orchid show}에 다녀왔다. 오키드쇼는 난초를 전시하는 축제다. 우리나라에서 봄을 여는 첫 번째 꽃 축제가 매화 축제라면 서양에서는 오키드쇼라 할 수 있다. 난초는 동양뿐 아니라 서양에서도 귀하게 여기는 식물이다. 지구에는 약 2만 5000종이 넘는 야생난초가 있으며 각각이 가진 독특한 형태와 향기 때문에 전 세계인이 난초를 사랑한다. 축제는 꽃이 거의 피지 않은 이른 봄에 실내에서 열린다. 전시장에는 모양과 색상이 화려한 각양각색의 난초가 전시되는데 이들 대부분은 열대지방 원산이며 오랜 기간 개량된 원예품종이다. 흔히 오키드쇼에서는 예쁜 품종을 새로 개발한 원예가에게 상을 수여한다. 전시장 한쪽에서는 집에서 키울 수 있는 난초 화분이나 관련 기념품, 음식을 판매하며 축제 분위기를 더한다. 1년 중 첫 꽃 축제인 오키드쇼에는 겨우내 꽃에 목말랐던 사람들이 밀려든다.

우리 실험실에서도 오키드쇼에 참여했다. 우리의 전시 부스는 난초꽃이 만발한 축제 분위기와는 사뭇 달랐는데 난초꽃 종이 모형, 현미경, 곰팡이 표본, 인근에서 자라는 야생난초가 든 실험 용기 등이 전시되었다. 관람객에게 난초에 대한 식물학적 이야기와 야생난초 보전 방법을 알려주는 과학자의 공간이었기 때문이다. 선임연구관님의 노력으로 실험실에서는 오랫동안 오키드쇼와 같은 대중 행사에 맞춰 교육 부스를 운영하고 있다. 화려한 난초꽃이 전시된 곳에 비하여 우리 공간은 다소 얌전해 보였다. 그러다 보니 처음엔 관람객들이 관심을 보이지 않았지만 우리의 적극적 태도에 곧 사람들이 모여들기 시작했다.

우리는 난초꽃 종이 모형, 현미경, 곰팡이 표본, 인근에서 자생하는 야생난초가 생장 단계별로 담긴 실험 용기 등을 전시했다. 실험실에서는 북미난초보전센터를 운영하고 있는데 이곳에서는 난초를 보전하는 연구를 진행하는 동시에 대중을 위한 프로그램을 개발하고 있다. 난초꽃 종이 모형도 교육용으로 실험실 식물학자들과 디자이너가 협업하여 개발한 것이다. 모형을 조립하며 암술과 수술이 합쳐진 구조인 예주column, 독특하고 화려하게 발달하는 한 개의 꽃잎인 순판labellum처럼 난초꽃만이 가진 특성을 이해할 수 있다. 또한 전시공간에서 현미경으로 관람객들이 난초 씨앗과 관련 곰팡이를 볼 수 있도록 했다. 난초 씨앗은 먼지처럼 작아서 스스로 싹을 틔울 에너지가 없다. 땅속 곰팡이는 실 같은 균사를 뻗어 씨앗으로 들어가 양분을 전달해준다. 관람객들에게 작은 야생난초가 든 유리병을 보여주며 우리가 사는 지역에도 난초가 많으니 집 뒤뜰이나 근처 숲을 산책할 때 찾아보라고 일러주었다.

난초도 식물인데 우리의 설명을 들은 관람객들은 난초가 열매와 씨앗을 맺는다는 것에 새삼 놀라워했다. 오랫동안 대중교육에 힘써온 연구관님은 사람들이 난초를 사랑하지만 대부분 예쁜 꽃에만 관심을 가진다며 안타까워하셨다. 난초의 생존에 필수적인 곰팡이 얘기는 언제나 더 생소해한다고. 그리고 야생난초는 집 뒤뜰에서도 쉽게 발견할 수 있는데 이 지역 사람들 대부분은 야생난초를 본 적이 없다고 생각한다고 하셨다. 온대지방엔 온대지방에 자생하는 야생난초가 있다. 우리나라에도 100여 종이 있고 미국에는 워싱턴DC 인근에만 50여 종이 있다. 온대성 난초의 꽃들도 무척 아름답다. 열대지방 원산의 원예품종을 잔뜩 사 안고 큰 기대 없이 우리 부스에 들른 사람들은 우리 이야기에 무척 놀란 모습이었다. 그럴 때마다 우리는 더 열심히 설명했다.

쇼가 끝날 때쯤 연구관님이 한국에도 이런 오키드쇼가 있냐고 물어보셨다. 나는 한국에 춘란이라고 부르는 봄에 피는 난초가 있긴 하지만 한국 사람들은 대부분 봄에 열리는 오키드쇼를 알지 못한다고 이야기했다. 봄의 서막인 오키드쇼가 없다는 말에 연구관님은 깜짝 놀라셨다. 그러나 곧 오키드쇼의 난초 중 많은 종이 미국 원산이 아닌 열대지방 난초라는 걸 생각하면 이해가 된다고 하셨다. 열대지방 난초는 온대지방으로 도입되어 겨우내 추위를 견디다 기온이 올라가는 봄에 온실에서 일제히 꽃을 피운다. 원래 살던 열대에서는 종마다 다른 시기에 꽃을 피운다. 애초 온대지방의 봄과 열대지방의 난초는 아무 상관이 없는 것이다.

긴 하루를 보내고 연구소 숙소로 돌아와서 인도네시아 출신의 과학자와 이야기를 나눴다. 그는 해양생물학자지만 식물에 관심이 많아서, 우리는 식물 얘기를 나누며 금세 친해졌다. 화려한 오키드쇼 사진을 그에게 보여주면서 그의 생각이 궁금해졌다. 재미있게도 온대지방에서 열리는 오키드쇼 난초 중 대부분이 인도네시아 원산이기 때문이다. 예상대로 그는 도대체 온대지방의 봄과 우리나라 난초들이 무슨 상관이냐며 웃었다. 내가 한국에서는 이런 열대성 난초를 서양란이라고 부른다고 하니 그는 왜 인도네시아 원산 난초를 서양란이라고 부르냐며 또 한 번 웃음을 터뜨렸다. 그러면서 오래전 네덜란드 식민지 시절 서양인들이 인도네시아 난초를 가져갔었다고 씁쓸하게 얘기했다. 아마도 서양에서 개량되어 한국에 수출되었기에 한국인들이 서양란이라 부르는 것일 거라고.

열대지방 난초가 유럽과 미국 등 온대지방 국가에 소개된 이후 19세기에 이미 난초의 원예품종은 10만 종이 넘었다. 2만 5000종인 야생난초보다 훨씬 많은 품종이 사람의 손에서 개량되어 태어난 것이다. 지금 이 순간에도 원예품종은 개발되고 있다. 우리가 꽃 가게에서 마주치는 난초 대부분이 그렇다. 난초뿐만이 아니라 판매되는 대다수 꽃이 그렇다. 그래서 나는 꽃집에서 꽃을 사서 그리길 꺼린다. 원예품종은 야생식물을 연구하고 기록하는 식물학자에게 식물종이라 여겨지지 않기 때문이다. 야생난초의 다양성에도 불구하고 계속 개발되는 품종과 사람들의 열렬한 난초 사랑의 본질이 무엇일까 생각한다. 우리는 어떤 방법으로 꽃을 사랑하며 우리가 사랑하는 것은 정확히 무엇일까?

배꽃이 핀 어느 날 배나무에 대한 오해를 풀다

어릴 때부터 오래된 정물화를 꼼꼼히 살펴보는 걸 좋아했다. 정물화에 등장하는 꽃과 열매가 흥미로워서였다. 특히 서양의 정물화에 등장하는 이국적인 꽃과 과일이 어떤 종인지 알아내는 게 재미있었다. 그중 오랫동안 궁금증을 안겨주었던 과일이 있었는데 그건 서양배다. 처음엔 그게 배라는 것도 몰랐다. 그림 설명에 배라고 쓰여 있는 걸 보고도 내가 아는 밝은 갈색의 동그란 배는 그림 속 어디에 있는 건지 의문이었다. 물방울 모양의 열매가 배일 거라곤 상상도 못 한 채. 나중에 그것이 흔히 서양배라 불리는 배의 일종이란 걸 알게 되자 그때부턴 그 맛이 무척 궁금했다. 그러다 유럽 시장에서 서양배를 직접 보게 되었고 바로 구입했다. 아삭하고 시원한 한국 배와 달리 딱딱하고 풀내까지 나는 맛없는 배는 어릴 때부터 간직한 궁금증과 상상력에 더없이 큰 실망을 안겨주었다.

2018년 가을, 미국 연구소에 처음 도착했을 때 선임연구관님은 캠퍼스의 가장 멋진 언덕에 홀로 심겨 있는 나무를 가리키며 배나무라고 알려주셨다. 그러면서 나중에 배가 열리면 먹어보라

하셨다. 나는 출근할 때마다 언덕 위에 보이는 배나무를 보며 연구관님의 얘기를 종종 떠올렸지만 겨우내 빈 가지로 있는 나무에 큰 흥미를 느끼지는 못했다. 게다가 예전 기억 때문에 서양배에 대한 기대도 없었다. 멀리서만 바라봐서 미동이 없는 것 같던 배나무는 3월이 되자 갑자기 꽃이 만발했다. 푸른 잔디 언덕 위에 빛나는 연둣빛 새잎과 하얀 꽃이 어우러진 모습은 정말 찬란했다.

나는 풀밭을 헤치고 처음으로 그 배나무 가까이 다가갔다. 한국의 배꽃보다 크고 소담했다. 그 모습에 완전히 매료되어 다시 맛 좋은 열매를 기대하게 되었다. 어쩌면 전에 먹은 맛없는 서양배는 잘못 산 걸지도 모른다며. 종종 배나무에 가까이 다가가 꽃이 진 자리에 열매가 생기고 점점 커지는 모습을 관찰했다. 열매가 서양배 특유의 물방울 모양이 되니 기대감은 한껏 커졌다. 어느 가을날 드디어 완전히 익어 떨어진 열매를 손에 넣었다. 잔뜩 기대하며 열매를 베어 물고 씹기 시작했다. 그 배는 처음 먹어본 서양배보다 더 고약했다. 맛없는 건 물론이고 모래처럼 씹히는 석세포$^{\text{stone cell}}$는 정말 최악이었다. 그 식감이 얼마나 강렬했으면 까마득히 잊고 있던 식물형태학 수업의 한 페이지에 등장하는 석세포라는 단어가 저절로 떠올랐을까?

석세포는 배의 안쪽 씨앗 가까이에 있는 딱딱한 세포다. 한국 배에도 씨앗 주변을 둘러싼 딱딱한 조직이 있어 그걸 도려내고 먹는데 그곳이 석세포가 많은 곳이다. 석세포는 리그닌이 축적되고 단단한 세포벽이 발달한 죽은 세포인데 열매뿐만 아니라 줄기나 잎에도 있다. 이런 죽은 세포들은 식물체의 형태를 만들고 지지하며 보호하는 역할을 한다. 식물에는 죽은 세포들이 살아 있는 세포들과 섞여 있다. 살아 있는 세포들을 위해 어떤 세포들은 죽음을 선택한다. 배의 씨앗 주변에 있는 석세포는 초식동물이나 물리적 충격, 건조로부터 씨앗을 보호해준다. 배는 석세포를 볼 수 있는 대표적 과일이다. 나는 연구관님에게 배가 너무 맛이 없고 석세포가 가득하다고 이야기했다. 연구관님은 '또 한 명이 걸렸네' 하는 표정으로 웃으셨다.

이후에 배꽃이나 배를 보면 매번 서양배와 관련된 그 기억들이 떠올랐다. 몸서리쳐지는 이상한 맛을 떠올리며 영영 서양배와 친해지기는 어렵겠다 싶었다. 그리고 시간이 흘러 4년 뒤, 나는 이곳 연구소에 다시 왔고 어느새 또 3월이 되었다. 언덕 위 배나무에는 꽃이 어김없이 만발해 나를 설레게 했다. 사람은 망각의 동물이라더니 나는 또다시 희망을 안고 당장 마트로 달려가 서양배를 집어 왔다. 세 번째이니 이번에는 괜찮지 않을까? 사람들이 배를 사 가는 모습을 살펴보고 같은 배 한 봉지를 골라 왔다. 그러나 그 배도 결국 나를 실망시켰다. 세 번째라 배신감마저 들었다.

하루는 연구소 언덕 위에 피어 있는 꽃나무가 무엇인지 모르는 동료에게 배꽃이라 알려주며 가을에 석세포가 가득한 배가 열리니 먹지 말라 일러주었다. 연구관님이 먹어보라 권하시면 속지 말라고. 그러면서 어차피 서양배는 맛이 없는데 왜 먹는지 모르겠다고 얘기했다. 이야기를 듣던 동료는 갑자기 "기다렸니?"라고 물었다. 내가 알아듣지 못하자 동료는 후숙을 시켰냐고 되물었다. 나는 감이나 아보카도도 아닌데 후숙이라니 무슨 말이냐고 했다. 동료는 당연하다는 듯 "배도 아보카도처럼 기다렸다 먹는 거잖아"라고 답했다. 놀란 나는 과육이 말랑해질 때까지 일주일 넘게 기다렸다 드디어 한 입 베어 물었다. 한국 배와는 전혀 다른 부드러운 풍미가 가득했다. 나는 그 자리에서 다섯 개나 먹었다. 다음 날 동료에게 서양배에 완전히 빠져버렸다고 소리쳤다.

봄마다 배꽃을 보고 가을마다 배를 먹으면서도 나는 과연 배나무에 대해 얼마나 알고 있던 것일까. 인간이 키우는 배나무에는 3000종가량의 품종이 있는데 대부분이 서양배와 비슷하고 한국 배처럼 둥글고 아삭한 품종이 더 적다. 후숙해서 먹는 부드러운 맛으로 배를 기억하는 사람이 세계적으로 더 많은 셈이다. 열매가 자라날 때 수분이 충분하지 않으면 그 스트레스로 많은 석세포가 생긴다. 석세포의 비중은 배의 상업적 가치를 좌지우지하기에 이것을 해결하려는 과학적 농법이 발달해왔다. 나는 잘 안다고 여겼던 식물에 대해 새로운 걸 알게 되면 큰 충격을 받고 반성한다. 배나무는 그중에서도 참 강렬했다. 나는 반성하는 마음으로 배꽃이 지기 전에 언덕 위 배나무를 다시 만나러 갔다. 배나무 아래에는 누워서 배꽃을 감상하는 한 소녀가 있었다. 꽃 이름을 몰랐던 소녀에게 이 나무가 배나무라 일러주며 나는 속으로 말했다. '아마 그 나무는 영영 아무 말 하지 않겠지만 비밀이 아주 많아요'라고.

4월

April

4월의 소나기는 5월의 꽃을 부른다

4월만 기다렸다. 3월에 봄이라고 들떴는데 날이 너무 추웠기 때문이다. 겨울에 무장했던 마음만 느슨해져서 섣불리 가볍게 옷을 입고 나갔다가 오들오들 떨며 돌아오기를 반복했다. 내가 지내고 있는 메릴랜드는 한국의 부산과 비슷한 날씨라고 들었다. 겨울을 지내보니 확실히 서울보다 따뜻해서 3월이면 금방 따뜻해질 줄 알았는데 그렇지는 않았다. 넣어둔 겨울옷을 다시 꺼내 입으며 4월을 기다리기로 했다. 그런데 막상 4월이 시작되니 비가 오기 시작했다. 비는 세차게 쏟아졌다. 보슬보슬 내리는 한국의 봄비와는 너무 다른 모습이었다. 여름 장맛비처럼 굵은 빗방울이 내내 쏟아지더니 새벽에는 바람과 함께 기세가 더해졌다. 이러다가 숲속에 핀 봄꽃이 다 떠내려가는 건 아닌지 걱정되었다.

3일 동안 비가 오더니 4일째 되는 날 드디어 해가 났다. 아침 기온은 3월보다 더 뚝 떨어져 있었다. 따뜻한 날씨만 기다리다가는 부지런한 봄꽃을 놓칠 것 같아서 두꺼운 옷을 챙겨 입고 숲에 갔다. 많은 비로 여기저기 물웅덩이와 늪이 생겼지만 말끔히 씻

긴 하늘과 숲은 아름다웠다. 키 큰 나무들 아래 작은 덤불들엔 이미 연두색 새싹이 많이 올라와 있었다. 키 작은 풀꽃들도 피어 있었다. 숲은 바닥에서 봄이 먼저 시작된다. 키 큰 나무들이 잎으로 하늘을 덮어 햇빛을 차지하기 전에 먼저 광합성을 시작하는 키 작은 식물들에게서 말이다. 특히 재빠르게 꽃을 피우는 풀꽃은 무척 부지런해서 모든 것을 빨리 시작한다. 잎도, 꽃도, 열매도. 모든 생애를 봄 혹은 여름에 마치기도 한다. 한창 숲속에 잎이 우거졌을 때 그 식물들은 이미 씨앗을 퍼뜨리고 흔적조차 없다. 우리나라에서 이른 봄꽃으로 대표되는 복수초나 바람꽃류도 그런 풀꽃이다. 그래서 그런 부지런한 봄꽃을 보려면 추위가 가시기 전에 숲에 가야 한다.

연구소 숲속에서 내 눈을 가장 사로잡은 건 메이애플mayapple, *Podophyllum peltatum*이었다. 메이애플은 북미에서는 흔히 자라 쉽게 만날 수 있는 봄꽃으로 한국에서는 관상용으로 종종 심는다. 메이애플이라는 이름은 5월에 꽃을 피우고 열매가 사과처럼 둥글게 달려 유래했다고 한다. 4월 초 잎이 올라오기 시작해 5월이 되면 꽃을 피우고 여름에는 노랗게 열매가 익는데 그 전 과정이 흥미롭다. 특히 새싹이 올라올 때부터 아주 매력적이다. 잎은 대개 한 개가 올라오고 꼭 우산처럼 생겼다. 땅에서 올라올 땐 마치 접은 우산 같다. 조금 펼쳐졌을 땐 버섯 같기도 하다. 그리고 다 자라면 잎이 활짝 펼친 우산처럼 된다. 이들은 무리 지어 솟아나기 때문에 숲속 낙엽 위에 작은 초록 우산들이 옹기종기 펼쳐진 모양새다. 그 모습을 보면 우산을 쓴 요정들이 모여 있는 것 같다. 비가 온 뒤에 물방울이 송송 맺힌 모습은 더욱 귀엽다. 그렇게 4월 내내 접은 우산들이 솟아나고 펼쳐지다가 5월이 되면 마침내 꽃을 피운다.

메이애플은 자신의 생존을 위해 정확히 계획하고 그에 맞게끔 자신의 모습을 체계적으로 구조화한 식물이다. 물론 모든 식물이 자신만의 방식으로 계획하고 자라나지만 메이애플을 관찰하다 보면 놀라울 때가 많다. 메이애플이 옹기종기 모여 솟아나는 것은 그 아래 뿌리가 길게 연결되어 있기 때문이다. 꽃이 피면 암술과 수술의 성숙 시기가 다르다. 이것은 자신의 꽃가루가 자신의 암술에 옮겨지는 자가수정을 막기 위한 지혜다. 자가수정을 하지 않으면 유전적으로 건강한 씨앗을 얻을 수는 있다. 하지만 멀리서 꽃가루를 구하지 않고도 쉽게 씨앗을 맺어 개체수를 늘리는 자가수정의 장점은 얻지 못한다. 그래서 메이애플은 자가수정을 통한 번식 대신 길고 옆으로 뻗는 뿌리를 통해 개체수를 늘려가는 방법을 택했다.

꽃이 필 줄기는 새싹이 날 때부터 쉽게 구별할 수 있다. 대부분 하나의 잎만 올라오는 것과 달리 꽃이 피는 줄기에는 꼭 잎이 두 개씩 달리기 때문이다. 꽃과 열매가 없어 상대적으로 에너지가 덜 필요한 줄기와 달리 꽃과 열매를 맺는 줄기는 두 개의 잎에서 충분한 에너지를 생산한다. 꽃과 열매는 두 개의 잎사귀 아래, 땅바닥에서 한 뼘 정도 올라간 높이에 맺힌다. 우산 아래 숨겨진 꽃과 열매는 위에서는 잘 보이지 않지만 꽃가루를 옮겨줄 땅벌과 열매를 먹고 씨앗을 퍼뜨려줄 상자거북에게는 딱 맞는 높이다.

메이애플은 이른 봄에 올라와도 초식동물의 공격을 받지 않아 잎이 모두 우산 모양을 잘 유지한다. 그 이유는 강한 독성 때문에 초식동물이 먹지 않기 때문이다. 메이애플은 식물 전체에 강한 독성이 있지만 딱 한 군데, 노랗게 잘 익은 열매에만 독성을 없앤다. 씨앗을 퍼뜨려줄 동물에게는 해를 입히지 않기 위해서다. 열매는 사람도 먹을 수 있다고 한다. 찾아보니 평가는 제각각이었는데 잘 익은 멜론 맛, 레몬과 무화과를 섞은 맛, 많이 익은 파인애플 맛 등 다양했다. 나는 그 맛이 궁금해 여름에 열매를 먹어보았다. 막상 먹으려니 독성이 강한 식물이라 겁이 났지만 메이애플의 철저한 계획과 실행 능력을 믿었다. 내가 느끼기엔 그나마 레몬과 무화과를 섞은 맛에 가까웠지만 정확히는 메이애플만이 가진 독특한 맛이었다.

'4월의 소나기는 5월의 꽃을 부른다 April showers bring May flowers'는

영어 속담이 있다. 나는 빗방울이 맺힌 메이애플의 잎사귀를 보며 메이애플을 위한 속담이라고 생각했다. 소나기를 맞는 우산 같은 모양새와 5월에 피는 꽃 때문도 있지만, 메이애플의 현명한 생존방식이 속담의 뜻과 어울린다고 생각했기 때문이다. 이 속담에서 소나기는 시련이나 역경을 의미한다고 한다. 5월의 꽃은 그 이후 한층 성숙하거나 좋은 날이 온다는 의미다. 메이애플은 다가올 수 있는 역경에 대한 모든 준비를 마친 식물인 것 같다. 4월의 소나기와 추위 속에서 메이애플이 자라나는 모습을 보며 그 속에 숨어 있는 지혜를 되새긴다. 5월의 꽃은 쉽게 탄생하지 않는다. 4월 숲속에는 지금도 매일 작은 우산들이 하나씩 펼쳐지고 있다.

꽃잎이 진다고 꽃이 사라지는 건 아니다

"워싱턴 DC에서 열리는 벚꽃축제에 갈 거예요?"

3월 초부터 현지 미국인들에게 가장 자주 들었던 질문이다. 실험실 동료들은 관광객이 너무 많다며 만류했지만 들뜬 분위기에 나도 주말에 가볼까 하는 생각이 들었다. 그러던 차에 3월 말, 축제가 시작되고 주말이 다가오자 갑자기 금요일 저녁부터 세차게 비가 내렸다. 주말까지 이어진 비에 결국 나는 벚꽃축제를 포기하고 연구소 숙소에서 조용한 시간을 보냈다. 그러면서 벚꽃축제에 찾아간 관광객들이 빗물에 떨어진 꽃잎을 보면 섭섭하겠구나 싶었다. 사람들은 대개 꽃이 사라지면 아쉬워한다. 게다가 떨어지는 꽃잎을 보면 조금 서글픈 감정을 느끼니 말이다.

주말 내내 숙소에 있다가 월요일에 출근하니 거짓말처럼 화창한 봄볕이 창문으로 새어들어왔다. 날씨는 좋고, 끝내야 할 일이 있는데 하기 싫은 마음도 커서 나는 무작정 연구소 밖으로 나갔다. 연구소 캠퍼스는 숲과 강, 작은 섬과 1800년대 유적지가 있는 광활한 곳이다. 옛 농장 부지였던 언덕 위 배나무까지만 잠시 산책을 다녀오기로 했다. 나무 가까이 가보니 하얀 배꽃은 반

이상 진 상태였다. 벚꽃이 한창인 시기이니 벚꽃보다 이른 시기에 피는 배꽃이 진 것은 당연했다. 섭섭한 마음으로 연구소로 돌아가려고 뒤돌아섰을 때 언덕 반대쪽 오래된 헛간 옆에서 거대한 벚나무를 발견했다. 헛간보다 거대한 나이 많은 벚나무는 찬란하게 꽃을 피우고 있었다. 흔히 능수벚나무, 혹은 수양벚나무라고 불리는 가지가 늘어진 벚나무 종류였다. 늘어진 가지는 큰 폭포 같은 자태로 수많은 꽃을 쏟아내고 있었다. 가끔 강한 바람에 가지가 휘날리며 꽃잎이 떨어질 때면 폭포에서 떨어지는 연분홍 물방울처럼 보였다.

아래로 늘어진 가지 덕분에 나는 벚꽃을 하나하나 잘 관찰할 수 있었다. 흔히 꽃잎이 지면 꽃이 졌다고 한다. 하지만 사실 꽃이 사라진 건 아니다. 꽃은 꽃잎 외에도 꽃받침, 암술, 수술로 이루어져 있기 때문이다. 꽃잎이 떨어져나간 벚꽃을 살펴보니 꽃잎 외에 모든 부분은 고스란히 남아 있었다. 시간이 지나면 수술과 꽃받침도 시들어 사라지겠지만 암술은 남는다. 암술 아래쪽 씨방엔 밑씨가 들어 있기 때문이다. 씨방은 자라 버찌가 되고 새들의 먹이가 될 것이다. 그리고 밑씨는 자라 씨앗이 되어 벚나무의 자손이 된다.

바람, 빗방울, 작은 곤충의 날갯짓에도 꽃잎은 쉽게 떨어지지만, 꽃봉오리가 막 피어 꽃이 한창일 때는 비바람이 칠 때도 꽃잎이 떨어지지 않는다. 그러나 제 소임을 다 하고 나면 누구도 꽃잎이 떨어지는 걸 막을 수 없다. 벚꽃처럼 한 장 한 장 휘날리든, 무궁화처럼 꽃잎을 단정히 말아 내려놓든, 동백꽃처럼 아직 싱싱한 꽃을 통째로 떨어뜨리든 꽃은 때가 되면 미련 없이 꽃잎을 버린다. 시든 꽃잎이 제때, 제대로 떨어지지 않으면 남아 있는 나머지 꽃 부분에 해를 줄 수도 있다. 꽃잎이 남아 시들고 썩으면 밑씨까지 병들게 할 수도 있기 때문이다. 꽃잎이 떨어지는 것도, 땅으로 흡수되어 나무의 새로운 양분이 되는 것도 꽃잎의 소임이다.

꽃잎이 떨어지면 꽃잎이 붙어 있던 자리엔 상처가 남는다. 상처 난 자리로 곰팡이나 세균이 들어가 곪을 수 있어 식물은 상처를 회복하려 한다. 이전에는 과학계에서 식물이 리그닌이라는 물질로 꽃잎이 떨어져나간 표면을 덮어 상처를 아물게 하지 않을까 예상했었다. 리그닌은 식물을 단단하게 만들어주는 접착제 같은 역할을 한다. 그러나 떨어지는 꽃잎을 연구한 한국 과학자들의 발견으로 꽃잎이 떨어진 자리가 아닌, 떨어지는 꽃잎에 리그닌이 생긴다는 걸 알게 되었다. 꽃잎이 잘릴 면을 따라 리그닌이 생긴다. 리그닌은 분리될 면의 세포 사이사이를 메워 면을 매끈하게 한다. 그래서 꽃잎이 그 면을 따라 매끈하고 정확하게 잘리게 되는 것이다. 꽃잎이 떨어져 상처 난 자리엔 새살이 돋고 큐티클이 생긴다. 큐티클은 일반적으로 식물의 표면에 있는 물질로 상처 난 자리는 큐티클로 덮여 아물게 된다.

나는 떨어지는 꽃잎을 보면 현미경으로 보아야 알 수 있는 걸 눈으로 보고 있는 듯한 착각이 든다. 떨어진 꽃잎의 잘린 표면에 리그닌이 세포 사이사이에 있는 듯 상상하는 것이다.

한번은 전시를 위해 떨어진 벚꽃잎을 잔뜩 모은 적이 있다. 봉투 가득한 분홍 꽃잎들을 보며 나무에 달린 싱싱한 꽃잎들과 다르게 이 꽃잎들에는 리그닌 함량이 높을 것이라며 혼자 즐거워했다. 그리고 벚꽃잎이 쏟아져 내린 나무를 쳐다보며 이런 생각도 한다. 화려한 꽃잎들이 떨어져 꽃이 모두 사라진 듯 보이지만 나무엔 어린 열매들이 남겨져 있다고. 또한 꽃잎이 떨어져 상처 난 자리마다 열심히 치료 중이며, 땅에 떨어진 꽃잎은 흙에 사는 다른 생물들의 먹이가 되고 결국 나무로 다시 돌아갈 것이라고.

사실 꽃잎이 떨어지는 과정을 하나하나 생각하면 식물이 정확히 계산한 움직임 중에 신기하지 않은 과정이 없다. 또한 모든 과정이 순서대로 잘 수행되어야 한다. 버리는 것, 사라지는 것도 말이다. 내려놓는 것도 우리 삶에서 중요한 것처럼. 모든 것이 아래로 떨어지는 건 당연한 듯 보이지만 어느 과학자는 호기심을 가져 중력을 발견했다. 이렇듯 자연의 모든 일은 사실 대단히 신비하고 필연적이다. 그래서 더 아름답다. 떨어진 벚꽃잎이 흙색으로 변해 발에 밟히는 시간도, 벚꽃이 지고 푸른 잎이 무성해 사람들이 벚나무에 관심을 가지지 않는 많은 날도 말이다. 나는 연구소 벚나무의 떨어지는 꽃잎을 바라보며 벚꽃축제에서 꽃잎이 떨어져 아쉬워하는 이들과 이런 이야기를 나눌 수 있으면 좋겠다고 생각했다.

부러진 가지에 새싹이 나면

메릴랜드에서 두 해를 보내는 동안 나는 이곳 숲의 4월을 가장 좋아하게 되었다. 꽃이 많이 피거나 단풍이 넘실거리는 달도 아름답지만 연두색 새싹이 막 솟아나기 시작하는 4월의 숲은 정말 경이롭다. 숲이 내게 말을 거는 것 같다. 조용하던 빈 가지에 한꺼번에 새싹이 돋아 사방천지 연둣빛이 가득해진다. 숲을 걸으면 새싹만 있는 우주에 떠 있는 느낌이다. 그래서 4월에는 되도록 숲에서 지내려 했는데 잠시 숲을 떠날 일이 생겼다. 한국에 갔다. 계획에 없던 방문이었다.

1월 어느 날, 가족 간에 메시지를 주고받는 채팅방에 오빠가 메시지를 남겼다. 중환자실은 24시간 켜져 있으니 안대와 귀마개를 가져가는 게 좋겠다는 간단한 메시지였다. 묻는 사람도 답하는 사람도 없이 덜렁 하나 남겨진 메시지를 보고 나는 의사인 오빠가 자기 환자에게 보내야 할 메시지를 잘못 보낸 건가 생각했다. 이틀 뒤 어머니와 통화를 하다가 혹여나 하는 생각에 집에 아무 일 없냐고 물어보았다. 주저하던 어머니는 내가 직접 물어보니 답을 해야 할 것 같다면서 이틀 뒤 아버지가 수술하게 됐다고 얘기하셨다. 2월에 아버지가 간단한 수술을 받는 걸 알고 있던 터라 그 수술이냐고 다시 물었더니 어머니는 그게 아닌 큰 수술이라며 자초지종을 내게 설명하셨다. 원래 계획된 간단한 수술을 위해 검사를 받던 중 아주 위급한 다른 병을 발견하여 갑자기 수술을 받게 되셨다고. 어머니는 내가 한국에 당장 돌아와도 할 수 있는 것이 없고 내가 하던 일도 있을 테니 아버지와 상의 끝에 내게 알리지 않기로 했노라 설명하셨다. 전화를 끊고 울고, 병과 수술의 위험도를 찾아보고, 가족들이 내게 미리 알리지 않았음에 섭섭해하고, 한국행 비행기표를 찾아보고, 연구소로부터 한국 가는 행정절차를 받는 등 정신없는 밤을 보냈다. 다음 날 영상통화에서 아버지는 한국에 올 필요가 없다고 거듭 얘기하셨다. 고민할 새도 없이 몇 시간 뒤 한국 시간으로는 수술 날이었다. 긴 수술 시간 동안 나는 잠도 오지 않고 일도 손에 잡히지 않았다. 다행히 수술은 잘되어서 아버지는 중환자실과 일반병실을 거쳐 퇴원하셨다. 퇴원일은 정확히 아버지 생신날이었다. 퇴원하면서 아버지는 내게 다시 태어났노라 메시지를 보내셨다.

이후 그동안 집중하지 못해 쌓여 있던 일을 해나갔다. 사실 오랫동안 준비했던 논문 제출 건과 개인전이 겹쳐 바쁜 시기였다. 전시 설치가 끝나자마자 몸살이 났고 정신을 차리고 보니 3월이었다. 연구소에 있을 땐 매주 한두 번은 숲속을 걸으며 식물을 관찰하겠다고 다짐했는데 숲에 가지 않은 지 한 달도 더 지나 있었다. 나는 휘몰아쳤던 시간을 잊어버리고자 터덜터덜 산책을 나섰다. 좋아하는 연둣빛 새싹은 아직이었지만 땅 위에 솟아난 아주 작은 꽃들이 봄이 왔음을 알려주었다.

연구소 캠퍼스 안에는 오래되어 뼈대만 남은 건물이 하나 있다. 나는 그 옆에 있는 산책로를 골랐다. 나무 가득한 숲길과는 다르게 풀밭 위에 오두막과 녹슨 농기계가 있는 고즈넉한 곳이다. 무성한 풀밭에는 간혹 큰 나무들이 있고 그것들은 대개 크고 작은 가지가 부러져 있다. 숲속에도 부러진 나무가 있긴 하지만 그처럼 많이 상처를 입은 상태는 아니다. 풀밭 위에 덩그러니 있는 나무는 혼자서 비바람을 맞다 보니 더 큰 피해를 받는다. 그중 유난히 크게 부러진 나무가 하나 있는데 나는 그 나무를 한참 쳐다보았다. 걸으며 잠시 잊었는데 나무를 보니 아버지가 다시 떠올랐다.

아버지는 평생 수술을 받은 적도, 아픈 적도 거의 없으셔서 건강을 자신하셨다. 아마 이번 수술은 아버지에게 정신적으로도 큰 충격을 주었을 것이다. 나무를 크게 부러뜨린 저 바람처럼. 예전에 어떤 책에서 나무는 천천히 자라는 것처럼 죽을 때도 천천히 죽는다는 글을 읽었다. 나무는 쉽게 죽지 않는다. 오죽하면 나무를 죽이는 방법을 소개하는 글도 찾을 수 있다. 나무는 꽃, 잎사귀, 가지를 꺾어도 죽지 않는다. 완전히 나무를 죽이려면 조금은 과학적인 접근이 필요하다. 그중 '거들링girdling' 또는 '프릴링frilling'이라는 방법이 있다. 나무 기둥에서 살아 있는 조직인 체관부, 형성층, 물관부까지 세 겹의 조직을 제거하거나 흐름을 끊는 방법이다. 나무 기둥의 중심에는 나무를 지지하는 단단하고 죽은 세포들로 이루어져 있다. 세 겹의 살아 있는 조직은 가장자리, 그러니까 나무껍질 가까이 분포한다. 그래서 바깥쪽에서 그 조직들을 링 모양으로 벗겨내거나(거들링) 흐름을 끊어(프릴링) 물과 양분이 위아래로 이동하지 못하도록 하는 것이다. 그 이후 해야 하는 일은 몇 해고 계속 기다리는 것이다. 나무가 서서히 죽을 때까지. 잔인하지만 다르게 생각해보면 나무를 죽이는 게 정말 쉽지 않다는 걸 알 수 있다. 기둥을 통째로 자르면 오히려 거대한 뿌리가 가진 힘으로 그루터기 옆에 새로운 가지들이 마구 솟아오른다. 나무는 그 크기만큼 대단한 생명력을 가지고 있기 때문이다.

나는 연구소에서 본 부러진 나무가 올해 4월에도 어김없이 새싹을 틔워 올릴 걸 알고 있다. 부러지지 않고 겨우 남은 가지와 부러져 땅에 닿은 가지에서 잎이 나고 꽃이 피고 단풍이 드는 걸 작년에 보았다. 그 나무가 누군가에겐 크게 변해버렸거나 다시 태어난 듯 보일지도 모르나 나무는 살아 있기에 묵묵히 전과 같

65

은 방법으로 살아가는 중이다. 생명체는 모두 어딘가 아프기도 하고 다치기도 하지만 계속 살아간다. 큰 나무를 닮은 아버지는 이번에 처음으로 거센 바람을 만난 것 같다. 봄비가 오면 비를 맞고 날이 따뜻해지면 아무 일 없던 듯 또 싹을 틔울 준비를 하는 나무처럼 회복하시길 빈다. 시간이 지나 육체에 흔적은 남더라도 마음은 완전히 회복하시길. 한국에 가면 새로 태어났다는 아버지의 밝은 모습을 보게 되길 바란다.

5월

May

꽃보다 아름다운 잎사귀들

꽃보다 아름다운 잎사귀를 만나는 계절이다. 3, 4월 봄꽃들의 잔치가 끝나면 가녀린 잎들이 펼쳐진다. 나는 이 여린 잎사귀 색을 좋아한다. 그건 연두색이나 초록색이라 부르기엔 부족한 것 같다. 스스로 빛을 내는 초록색이랄까. 그래서 '신록^{新綠}'이라는 단어가 생긴 것 같다. '새로운 푸른빛'. 신록의 계절, 5월이다.

숲이 깨어나고 있다. 물론 겨우내 변함없던 마른 가지에 봄꽃이 피어날 때도 숲이 깨어나는 것 같지만 나는 지금처럼 작은 잎사귀들이 온천지에 흩뿌려져 펼쳐질 때 진짜 숲이 깨어난다고 느낀다. 연한 새싹들이 곳곳에서 비집고 나온다. 미세한 틈과 균열들, 마디와 가지 끝마다 초록색을 피워올리는 식물의 생명력에 넋을 놓게 된다. 나무는 나무대로, 풀은 풀대로 숲속 구석구석 작은 잎이 촘촘히 솟아난다. 하나씩 살펴보면 동그란, 길쭉한, 갈라진, 톱니가 있는, 매끈한 초록색 조각들이 작지만 저마다의 형태가 있다. 이 납작한 도형들이 모두 다 수평으로 펼쳐져 햇빛을 받으려 한다. 지금 숲속은 작은 초록 도형들이 점점이 뿌려진 듯보이지만 여름이 되면 잎사귀들이 넓게 펼쳐져 거대한 지붕처럼 숲을 덮을 것이다.

내가 있는 연구소 숲속엔 높은 첨탑이 있다. 탑은 철골로 만들어져 계단을 뱅뱅 돌며 오르게 되어 있고 그 꼭대기엔 기상관측과 실험을 위한 장비들이 설치되어 있다. 연구소가 있는 숲은 오랫동안 잘 보존되어 거대한 나무들로 가득하다. 그런 나무들보다 첨탑의 높이는 더 높아서 꼭대기에 오르면 숲을 내려다볼 수 있다. 4년 전 선임연구관님이 첨탑에 같이 올라가보자고 하셔서 무심코 따라간 적이 있다. 아래에서 보았을 때는 만만히 생각했는데 높이 올라갈수록 첨탑이 약한 바람에도 휘청거려 너무 무서웠다. 결국 꼭대기에서 본 전망은 기억나지 않고 아찔했던 느낌만 남았다. 그런데 올해 연구관님이 또 첨탑에 함께 올라가자고 제안하셨다. 나는 무서웠던 기억에 주저하다 새순이 폭발적으로 피어나는 숲을 내려다보고 싶은 호기심에 다시 첨탑에 올라갔다. 그런데 첨탑이 흔들리는 걸 알고 있어 그랬는지 이번엔 그리 무섭지 않았다.

산이 없어 지평선까지 펼쳐진 푸른 숲은 장관이었다. 멀리 동쪽 방향엔 체서피크만Chesapeake Bay의 수평선이 보였는데 그 먼 곳까지 가려지는 것 하나 없이 다 숲이었다. 나는 첨탑 꼭대기에서 한참 동안 숲의 푸른빛이 끝없이 넘실거리는 풍경을 바라보았다. 식물이 어떻게 저절로 초록색 덩어리로 자라나는가. 숲을 바라보니 나는 옛날에 한 과학자가 새삼 왜 이런 궁금증을 가졌는지 이해되었다. 식물은 사계절 주변에 늘 있지만 매년 이맘때 새로 나는 초록 잎들은 항상 경이롭기 때문이다.

17세기 한 벨기에 화학자는 토양의 질량과 식물이 자라며 증가한 질량을 비교하여 토양의 질량이 거의 줄지 않음을 깨달았다. 그래서 이 초록색 덩어리가 토양을 흡수하여 만들어진 게 아니라 물에서 비롯되었다고 생각했다. 이후 영국의 어느 화학자는 밀폐된 공간에 생쥐를 홀로 두면 죽지만 식물과 함께 두면 둘 다 생존할 수 있음을 알게 되었다. 광합성과 호흡에 필요한 이산화탄소와 산소를 이해하게 된 것이다. 네덜란드의 한 생물학자는 같은 조건에서 햇빛이 있어야 둘 다 더 생존할 수 있다는 것과 식물의 성장엔 햇빛도 필요하다는 걸 알게 되었다. 이렇게 하나씩 하나씩 오랜 시간 과학자들의 실험을 통해 비로소 식물의 광합성을 이해하게 되었다. 지금 우리는 모두 광합성에 대해 알고 있다. 광합성이 엽록체에서 일어나고, 엽록체에는 녹색의 원천인 엽록소라는 색소가 있음도 알고 있다. 그러나 나는 아무리 머릿속에 광합성 회로를 떠올려봐도 이 시기 새싹이 돋아나 천지를 초록색으로 물들이는 광경은 여전히 신기하다. 태곳적 땅 위에 살지 않던 초기 식물이 진화를 통해 점차 땅 위를 초록색으로 덮어가는 그 과정을 매년 일부러 반복하는 것 같다. 우리에게

4억 5000만 년 동안 이루어진 아름다운 장관을 보여주기 위해.

첨탑 위에서 숲을 내려다보며 내가 만난 동물들이 어디에 있을까 상상해보았다. 겨울 숲속에선 무리 지어 뛰어다니던 사슴들과 쉽게 맞닥뜨리곤 했다. 메마른 가지만 있는 숲속엔 사슴이 쉽게 눈에 띄었고 먹을 잎사귀가 없어 배가 고픈지 이곳저곳 분주히 헤매는 모습이었다. 지금은 연푸른 안개처럼 숲에 새순들이 가득 피어나 사슴을 숨겨주고 있다. 숲속에 사는 난초가 몇 개의 꽃을 피웠는지 조사하러 갔을 때 코코넛만 한 거북이를 만났다. 거북이가 얼굴을 내밀기를 기다렸지만 오랫동안 꼼짝하지 않아 그냥 헤어졌다. 밤늦게 연구소 숲속을 운전할 때는 길가에서 너구리들이 나를 구경하곤 한다. 해 질 녘 길 위에서 만나 내가 다른 곳으로 가라고 해도 계속 엎드려만 있던 수달, 좁은 숲길에서 당당하게 나타나 반대 방향으로 총총 걸어가던 여우의 뒷모습. 첨탑 위에서 연둣빛과 초록빛을 발산하는 숲을 보니 내가 만난 동물들이 여기저기서 초록 잎이 났다며 즐거워하고 있을 것 같았다. 잎사귀 잔치가 시작되었다고. 동물은 다른 생물을 잡아먹어야 하는 소비자다. 광합성을 통해 스스로 양분을 만드는 생산자인 식물은 기꺼이 동물의 먹이가 된다. 동시에 숲을 이루어 동물의 보금자리가 된다. 동물인 우리 인간에게도 말이다. 우리가 이맘때 식물의 초록에 열광하는 건 자연스러운 일일 것이다.

그 나무가 거기 있으므로

새싹이 반짝반짝 솟아나 연둣빛 물결을 이루는 5월의 메릴랜드 숲을 걸으면 눈에 띄는 것이 있다. 바닥에 떨어져 있는 소담한 꽃송이들이다. 튤립나무의 꽃이다. 튤립나무는 이맘때 꽃이 피는데 나무가 워낙 높이 자라다 보니 꽃이 핀 줄 모르고 놓치기 일쑤다. 떨어진 꽃을 발견하고서야 꽃이 피는 시기임을 깨닫고 높은 가지 끝을 올려다보게 된다. 한국에서는 튤립나무가 자생하지 않아서 야생에선 볼 수 없고 정원수로 드물게 만날 수 있다. 내가 다닌 대학에는 튤립나무가 있었다. 학교를 세운 미국 선교사들이 가져와 심은 것이라고 교수님이 알려주셨다. 나는 튤립나무가 필 때면 높은 학교 건물에 올라가 꽃이 피었는지 확인하곤 했다. 멀리서 조그맣게 피어 있는 걸 종종 발견했지만 가까이에서 관찰한 적은 없었다. 한국에서 튤립나무를 만나기 힘들다 보니 꽃이 져서 사라지는 모습, 암술이 열매로 자라나 씨앗을 맺는 과정, 나무에 찾아오는 동물 등 다양한 순간을 함께할 기회가 없었다. 그러나 메릴랜드에서는 튤립나무가 숲에서 가장 흔한 나무 중 하나여서 튤립나무의 전 생애를 찬찬히 살펴볼 수 있다.

튤립나무의 꽃은 튤립과 닮았는데 색과 형태가 더 우아하다. 알록달록한 튤립과 달리 초록색과 옅은 노란색이 조화를 이루고 안쪽으로 가면 짙은 귤색, 혹은 주홍색 문양이 있다. 튤립나무는 튤립과 컵 모양의 꽃잎 형태는 비슷하나 꽃 속의 수술과 암술은 전혀 다르다. 튤립은 백합과로, 세 개로 갈라진 암술과 여섯 개의 수술이 드러나지 않고 안쪽에 자리 잡고 있다. 반면에 목련과인 튤립나무는 꽃 속에 많은 수술과 암술이 있다. 암술은 촘촘히 모여 있고 가늘고 긴 수술은 그 주변을 둘러싸고 펼쳐져 있다. 주홍빛 문양과 가느다란 수술이 섬세하게 어울린다. 암술은 그 모양 그대로 자라나 뾰족뾰족한 왕관 모양의 열매가 된다. 얇은 날개가 달린 씨앗들은 안쪽부터 떨어져 가장자리에만 남기도 하는데 중앙에 남아 있는 뾰족한 열매 축과 조화를 이뤄 그 형태가 꼭 고전적인 촛대 같다.

꽃이 질 때 꽃잎이 젖혀져 형편없는 모양으로 떨어져버리는 튤립과 달리 튤립나무꽃은 떨어질 때도 고상한 모습을 유지한다. 꽃잎과 수술이 흩어져 떨어지기도 하지만 동백꽃처럼 통째로 떨어지기도 한다. 가끔 잎사귀와 함께 가지째 떨어진 것은 큰 나무의 가지 끝이 아니라 땅에서 꽃이 피어났다가 스러진 것 같다. 마치 땅에서 솟아난 튤립이 넘어져 있는 것처럼. 비 오는 날이면 꽃들이 모두 비바람에 스러진 것 같아서 더 극적으로 느껴진다. 한국에서 온 내게 처음 본 튤립나무 숲은 정말 이색적이었다. 계절에 따른 매 순간이 신기했고 특히 5월에 여기저기 꽃송이가 떨어져 만들어내는 풍경은 신비로웠다. 튤립나무꽃이 떨어져 분해되고 흙 속에 스며드는 과정도, 빗물에 쓸려 내려가 가득 모여 있는 꽃잎들도, 바람을 타고 쏟아져 내리는 씨앗들도 모두 아름다웠다. 어떤 식물이 있는지에 따라 그곳의 풍경은 끊임없이 그 식물의 영향을 받는다. 특히 한자리에 오래도록 자라는 나무가 쉼 없이 자아내는 풍경과 나눔은 우리의 상상 이상이다.

연구소 근처에 있는 아나폴리스는 미국에서 역사적으로 중요한 도시다. 1600년대는 청교도가 이주해 정착했고 1700년대에는 미국의 임시 수도 역할을 했다. 아나폴리스에는 메릴랜드 주의회 건물이 있는데 1층에는 메릴랜드의 역사를 알 수 있는 박물관이 조성되어 있다. 나는 그곳에서 오래된 작은 나무 상자에 새겨진 튤립나무 문양을 본 적이 있다. 메릴랜드 사람들에게 튤립나무는 어떤 존재일까? 튤립나무는 이곳 사람들이 인식하지 못할 정도로 그들의 삶 속에 깊이 들어와 있을 것이다.

오래된 나무는 인간뿐 아니라 다른 주변 생물과 생태계도 바꾼다. 우리 실험실에서는 자생 난초를 연구할 때 튤립나무 가지를 갈아서 난초를 키우는 영양분으로 사용하곤 한다. 튤립나무는 숲을 이루는 주요한 생물이며 나무가 죽어 분해되고 숲속에

흩어져서도 계속 숲에 영향을 주기 때문이다. 그런 생태계의 순환을 관찰하고 우리는 튤립나무를 갈아 실험에 사용하는 아이디어를 얻었다. 나무 아래 키 작은 식물들은 분해되고 썩은 튤립나무를 먹고 자라난다. 난초도 그렇다. 난초는 튤립나무 아래에서 자라며 나무와 흙을 공유하고 분해된 튤립나무를 영양분으로 사용한다. 난초를 도와주는 곰팡이 또한 튤립나무와 도움을 주고받는다. 한번은 떨어진 튤립나무꽃을 주워 그 속을 살펴본 적이 있다. 달팽이와 개미가 꽃잎을 갈아 먹고 있었다. 나는 달팽이와 개미를 방해하지 않으려고 조용히 풀숲에 다시 꽃을 내려놓았다. 오래된 튤립나무가 있으므로 난초도, 곰팡이도, 달팽이도, 개미도, 우리도 함께 숲의 풍경 속에 녹아든다.

나는 지난해 한국에 잠시 머물며 부모님과 여러 곳을 여행했다. 우리는 고택을 많이 방문했는데 그 고택 옆에는 늘 그보다 오래되어 보이는 나무가 있었다. 세연정의 동백나무, 공재고택의 당종려, 위양지의 이팝나무, 월연정의 배롱나무, 반호정사의 느티나무. 그곳에 살던 사람들은 나무를 보면서 어떤 추억을 남겼을까? 자연스레 오랫동안 관찰한 나무는 아마도 그들에게 인생의 오랜 친구일 것이다. 우리가 본 5월의 단편적인 모습으로는 짐작조차 할 수 없는 긴 인연 말이다. 꽃과 열매, 새싹과 단풍, 찾아오는 동물들을 속속들이 알고, 어쩌면 그 나무로부터 얻은 꽃,

열매, 잎사귀로 자신만의 추억을 만들었을지도 모른다. 나무 주위를 돌거나 나무 기둥에 기대며 부러진 가지를 안타까워하기도 하면서 비밀을 나누었을 것이다. 각각의 나무는 그 자리를 지키며 계속 자라난다. 그리고 나무가 거기 있으므로 그곳에 있는 모두가 운명 공동체가 된다.

식물 위에 수놓아진 아름다운 빛들

밤이면 연구소 캠퍼스는 정말 깜깜하다. 밤에 여기저기서 불빛이 쏟아지는 서울에서 살다가 온 내겐 더욱 그렇게 느껴진다. 경비 초소가 있는 캠퍼스 초입부터 넓은 옥수수밭이 펼쳐져 있는데 그 옥수수밭을 꽤 지난 후 숲속으로 조금 더 들어가면 연구동이 나온다. 한밤중에 운전해서 그 길을 갈 때면 으스스하다. 특히 비가 쏟아지거나 지독한 안개가 낀 밤엔 백미러로 무서운 게 보이거나 옥수수밭에서 무언가 튀어나올까 봐 신경이 곤두선다. 그래서 캠퍼스 내에서 밤에 운전하게 되면 상향등을 켜고 애써 담담하게 앞만 바라본다.

어젯밤에도 그렇게 운전하고 있었는데 이상한 푸른빛이 옆 창문으로 빠르게 지나가는 것 같았다. 착각이라 생각했지만 두 번째 푸른빛을 봤을 땐 '이게 말로만 듣던 도깨비불이구나' 하는 생각이 스쳤다. 나는 용기를 내 속도를 늦추고 옆 창문으로 깜깜한 옥수수밭을 바라봤다. 아무것도 잘 보이지 않았다. 덜컥 겁이 났으나 곧 호기심이 더 커졌다. 분명 내가 알기로 이 근처 숲속에는 곰이나 늑대처럼 위험한 야생동물은 없다. 그러니 만약 야생

동물의 눈이 빛난 거라면 위험한 동물은 아니니 괜찮을 것이다. 나는 길가에 차를 세우고 시동을 껐다. 그리고 어둠 속에서 옥수수밭을 주시했다. 그곳에는 분명 푸른빛이 있었다. 더 정확하게 보고 싶어 용감하게 차에서 내렸다. 어둠에 눈이 익숙해지자 푸른빛은 아주 많이 보였다. 푸른빛은 옥수수밭과 숲을 가득 채운 반딧불이었다.

나는 어릴 때 시골에 살았어도 반딧불을 본 적이 없다. 그 뒤로도 식물채집을 위해 오지에 많이 갔지만 반딧불을 볼 기회가 없었다. 그러다 드넓은 옥수수밭에서 수많은 반딧불을 혼자 마주한 것이다. 두려움은 황홀함으로 바뀌었다. 놀라움으로 멍하니 보다가 정신을 차리고 내일 걸어서 다시 오기로 했다. 다음 날 실험실에서 해가 지기를 기다렸다. 부쩍 해가 길어져서 8시 반이 되어도 밖은 여전히 밝았다. 아직 어둡지 않지만 그래도 밖으로 나갔다. 나는 어릴 때 강가에 있는 아파트에 산 적이 있다. 오래된 그 시골 아파트는 남서향으로 지어진 나홀로 아파트였는데 강 너머 산 뒤로 해가 지는 걸 매일 볼 수 있었다. 주변에 가리는 것이 하나도 없어서 해가 지면서 하늘과 강 위에 붉은 노을빛이 뿌려지는 건 정말 장관이었다. 나는 매일 해넘이 시간을 확인하고 거실 의자에 앉아 노을을 구경했다. 그때 알게 된 건 해가 길어진 계절에도 해가 지기 시작하면 정말 순식간이라는 것, 눈 깜짝할 사이 어둠이 사방에 내려앉아 있다는 것이다. 8시 반이 되어도 기세등등하던 햇빛은 역시나 순식간에 사라졌다. 깜깜해지자마자 숲속에서는 갖가지 이상한 야생동물 소리가 들려왔다. 그 소리가 나를 쫓아오는 것 같아 무서웠다. 두려움에 그냥 실험실로 돌아갈까 하는 생각마저 들었다. 그 순간 앞에 보이는 풀밭에서 기다렸다는 듯 빛이 하나 반짝였다. 이윽고 그게 시작 신호였는지 점점 풀밭 위엔 반짝임이 퍼져나가고 곧 가득해졌다. 나무도 반짝거리기 시작해 숲은 푸른빛으로 넘실거렸다. 그것은 정말 넋을 놓게 되는 굉장한 광경이었다.

어릴 때 매일 거실 의자에서 노을빛을 기다리던 것처럼 이제 밤이면 어둠을 응시하며 반딧불을 찾곤 한다. 그 반짝임은 봐도 봐도 질리지 않는다. 사람들은 반짝임을 좋아한다. 별빛, 달빛, 폭죽, 도시의 야경, 크리스마스트리 장식 등 어둠 속에 반짝이는 건 우리의 눈을 사로잡는다. 그런 우리에게 생물이 스스로 반짝일 수 있는 생물 발광, 즉 '바이오루미네센스Bioluminescence'는 정말 매력적이다. 인간에게는 생물 발광을 할 수 있는 능력이 없어서 더 신비하게 느껴지는 것 같다. 생물 발광을 할 수 있는 생물에는 물고기, 갑각류, 연체동물 등 일부 해양생물, 반딧불과 같은 소수의 곤충, 약간의 균류와 박테리아가 있다. 특히 야광 버섯이라 불리는 빛나는 버섯이 전 세계 100여 종 있는데 움직이는 다른 생물들과 달리 숲속에서 솟아나 가만히 빛난다는 게 무척 매력적이다. 한국에서도 몇 종을 볼 수 있다. 아쉽게도 빛을 내는 버섯은 있으나 빛을 내는 식물은 없다.

일반적으로 생물 발광에는 발광 색소인 '루시페린'과 효소인 '루시페라아제'가 관여하는데 이 단어들은 '빛을 전하는 자'를 의미하는 '루시퍼'라는 라틴어에서 유래했다. 생물이 빛을 내는 원리를 과학적으로 깨닫기까지, 또 알게 된 뒤에도 많은 실험이 이루어졌다. 급기야 과학자들은 빛을 내는 식물을 만들게 되었다. 1986년에 처음 과학자들은 반딧불의 루시페라아제 유전자를 식물인 담배에 발현시켰다. 그 이후에 여러 실험에서 빛나는 식물을 만드는 시도를 볼 수 있다. 최근에는 나노입자를 삽입하는 방법으로 몇 시간 동안 빛나는 식물을 만들었다는 논문도 있다. 이런 과학 기술을 이용해 최근 어떤 디자이너는 빛나는 나무를 만들어 조명이나 가로등을 대신하고자 한단다.

지금 이 글을 쓰는 방 안에서 창밖을 보면 너른 목초지와 거대한 숲이 보인다. 가로등도, 이웃집의 불빛 하나도 보이지 않고, 밤하늘엔 별빛, 캄캄한 대지와 숲엔 한가로이 날아다니는 작은 반딧불만 보인다. 만약 그곳에 빛나는 식물이 있다면, 숲속 나무 한 그루가 빛나는 나무라면 분명 놀라울 것이다. 인간이 만든 화려한 불빛들은 자연이 만들어내는 여린 빛들을 쉽게 밀어낸다.

가로등이나 차의 전조등 하나만 있어도 별빛과 반딧불은 잘 보이지 않는다. 인간이 만들어낼 그 나무도 그럴까? 다른 생물에게서 얻은 루시페라라제를 이용한 것이라면 그렇게 강렬한 빛이 아닐 수도 있다. 창밖으로 어두운 숲속에 반딧불과 같은 푸른빛을 내는 거대한 나무가 서 있는 상상을 해본다. 나무줄기와 잎사귀들이 하나하나 빛나는 나무는 분명 상상력을 자극한다. 그러나 한편으론 그 나무가 미래에도 없었으면 좋겠다. 지금 밤 풍경은 빛보다 어둠이 많아서 더 아름답기 때문에.

어쩌다가 우리가 알게 되어

한국에 한 달 동안 머물다 미국으로 돌아왔다. 공항에 도착하니 집주인 할머니가 마중 나와 계셨다. 할머니는 반갑게 나를 안아주셨다. 정이 드는 건 참 신기하고 행복하면서도 두렵다는 생각이 들었다. 이번에 한국에서 오랜 시간을 함께 보낸 친구는 다시 헤어질 걱정을 하며 내게 이렇게 말했다. "어쩌다가 우리가 알게 돼서…" 정이라는 단어를 문장으로 말하면 이런 게 아닐까 싶다.

연구소에 도착하자마자 숲속으로 갔다. 잎사귀들이 한껏 자라는 계절에 한 달이나 떠나 있었더니 숲은 완전히 변해 있었다. 짙어진 푸른 잎사귀들이 넘실거렸다. 숲속에서 포충망을 든 인턴 두 명을 만났다. 그들은 재빠르고 알록달록한 길앞잡이류를 잡고 있었다. 여섯 개의 점이 있는 녹색의 곤충이었다. 나는 그들과 인사를 나누며 연구소에 돌아왔음을 확실히 느꼈다. 무사히 여행을 마치고 이 아름다운 숲속을 걸을 수 있음에, 이곳의 반가운 사람들과 생물들을 다시 만날 수 있음에 감사했다.

연구소 캠퍼스에 있는 작은 섬 호그 아일랜드로 가는 길은 내가 가장 좋아하는 산책로다. 길을 따라 걷다 보면 늪지대를 지나는 긴 다리가 있고 그 다리 끝에 섬이 있다. 늪지대를 지나 섬도 가로질러 그 막다른 곳에 가면 강 위에 나무로 만든 산책로가 방파제처럼 놓여 있다. 나는 종종 그곳에 앉아 너른 강을 바라보며 생각을 정리한다. 가끔은 누워서 낮잠을 청하기도 한다. 아직 시차 적응이 되지 않아 피로가 몰려왔다. 눈을 감고 있다가 이상한 시선을 느껴 눈을 떴다. 시선은 물 한가운데서 느껴졌다. 거기에는 동그랗고 작은 머리 하나가 올라와 있었다. 가까이에 있어 모습이 뚜렷이 보였는데 그것은 북미에 사는 북아메리카수달이었다. 나와 눈이 마주쳐 금방 물속으로 도망칠 줄 알았는데 수달은 한참이고 나를 바라봤다. 나도 그 수달을 계속 마주 보았다. 이곳에서 종종 수달을 만났지만 그렇게 가까이서 오랫동안 만난 건 처음이었다. 사진을 찍으려는 순간 수달은 물속으로 달아났다. 다시 볼 수 있길 바라며 계속 물 위를 살폈으나 수달은 모습을 나타내지 않았다. 그 귀여운 얼굴이 한동안 어른거렸다.

실험실로 돌아가려고 일어서서 뒤로 돌아봤는데 검은 뱀 한 마리가 물 위를 유유히 유영하며 멀어져 갔다. 동부 쥐뱀이라 불리는 그 검은 뱀은 숲속에서 흔히 만날 수 있다. 나도 여러 번 만났는데 심지어 집 세탁기 위에 있었던 적도 있다. 그래서 그 크고 검은 뱀이 무슨 종인지 알고 있는데, 체서피크만 일대에서 발

견되는 북미 고유종이다. 산책길에서 같은 종의 뱀을 또 마주쳤
다. 썩어서 부러진 큰 나무 둥치 위에서 뱀이 햇빛을 받으며 잠들
어 있었다. 나는 뱀을 오랫동안 관찰하며 뱀은 스스로 자기 몸의
일부가 베개도 되고, 이불도 되고, 침대도 될 수 있겠다는 생각이
들었다. 아주 어릴 땐 시골 우리 집에 뱀이 많아서 자주 볼 수 있
었다. 이후 어른이 되어서는 식물채집을 가야 겨우 볼 수 있었는
데, 이곳 연구소에는 산책 때마다 쉽게 여러 종류의 뱀을 만난다.
이젠 이 지역의 몇몇 종을 구별할 줄도 안다.

섬을 나오기 위해 늪지대 위 다리를 걷다가 아래를 보니 물
이 찰랑거리며 차 있었다. 보통 그 늪지대에는 물이 없고 풀이 가
득해 너른 풀밭처럼 보인다. 건조한 날엔 장화 없이 걸어 다닐 수
있는 정도다. 나는 늪에 물이 차 있는 걸 처음 보았다. 어지러이
흩어지고 쓰러져 있는 풀잎 사이엔 작은 물고기 두 마리가 헤엄
치고 있었다. 내겐 너무 이상한 풍경이었다. 빗물이 고일 수는 있
어도 강물이 들어오기엔 먼 거리였기에 물고기가 있는 게 놀라
웠다. 사람이 걸었던 길을 따라 물길이 되었는데 한 마리가 용감
하게 헤쳐나가면 다른 한 마리가 뒤따라갔다. 그 물고기들은 이
늪지가 1년 중 대부분이 풀밭이라는 걸, 그들이 잠시 물이 차오
른 풀밭 위를 헤엄치고 있다는 걸 알까? 이곳이 그들이 살던 강
과 달리 위험할 수도 있다는 걸 알까? 그런 물음과 함께 그래도

두 마리라 동행이 있어서 다행이란 생각이 들었다. 그런데 가만히 보고 있자니 이상하게 울컥했다. 물고기가 안타깝게 느껴질 수는 있지만 아무리 그래도 즐겁게 산책하다가 갑자기 눈물이 터지는 건 스스로 너무 과하다 싶었다.

실험실로 돌아와 우리나라 나도제비란속에 속하는 난초 갈레아리스 스펙타빌리스*Galearis spectabilis*를 그렸다. 다년생인 이 난초가 씨앗일 때, 하나의 잎이 있을 때, 두 개의 잎을 가졌을 때, 몇 년이 지나 드디어 꽃을 피울 때를 순서대로 그렸다. 내가 어린 개체들을 발견한 장소는 도로의 아스팔트 가장자리였다. 나는 난초가 왜 그런 곳에 싹을 틔웠는지 이해할 수 없었고 어린 난초들이 걱정되었다. 아스팔트 아래로 뿌리가 뻗어나가 옮겨줄 수도 없었다. 난초와 오늘 만난 생물들을 생각하다가 낮에 산책길에 내가 왜 울컥했는지 알아냈다. 생물은 모두 자기만의 터전이 있다. 가끔 새로운 곳을 찾아 모험하기도 한다. 어쩌다가 낯선 곳에서 사랑하는 사람도 만나고 어쩌다가 행복하고 슬픈 일들도 벌어진다. 정도 생긴다. 오늘 만난 종들은 한국에 매우 비슷한 종이 있기도 하지만 모두 북미에만 사는 종들이다. 그들은 그들의 터전에서 그들의 방식으로 그들의 이웃과 살고 있다. 나는 풀밭 위 물고기처럼 바로 어제 나의 터전인 한국을 떠나왔다. 한국에 부모님과 내가 사랑하는 사람들을 두고서. 물론 나를 안아준 할머니를 비롯해 이 숲속에서 만나 알게 된 많은 생명체처럼 아름다운 사람들이 이곳에 있다. 그러나 메릴랜드와 한국은 다른 곳이고 두 곳의 사람들이 모두 함께할 수는 없다. 나는 마음속으로 그 늪에서 본 물고기 두 마리를 응원했다. 그리고 한국과 미국에 있는 내가 사랑하는 사람들과 생명체들을 모두 응원했다.

여름

Summer

6월

June

보이지 않는 생명체들의 아름다움

주말 내내 실험했다. 실험 결과를 몇 달 뒤에나 알 수 있기에 서둘러야 했다. 꼼꼼하게 순서대로 진행하고 있었는데 어처구니없는 실수를 하고 말았다. 고온 멸균기에 적합하지 않은 플라스틱 실험 용기를 넣어버린 것이다. 멸균기를 열어보니 공들여 준비한 실험 시료는 녹은 플라스틱 용기와 엉겨 이상한 덩어리가 되어 있었다. 동료들은 그걸 보고 예술작품, 맛있는 요리 같다며 나를 놀렸다. 그러면서 다들 사실 같은 실수를 한 적이 있단다. 나는 동료들의 위로를 받으며 그 이상한 덩어리를 기념비처럼 책상 위에 올려두었다.

실험에서 실수나 뜻하지 않은 결과를 만나는 건 과학자들에게 익숙하다. 대개 크게 낙담하지 않고 덤덤하게 실험을 다시 한다. 실험의 실패든 성공이든 그 끝엔 늘 깨달음이 있으니까. 나도 웃어넘기며 다시 시작하는 편이지만 이틀 동안 계속 실험만 한 터라 맥이 빠진 건 사실이었다. 나는 실험 생각을 떨쳐버리려 산책을 나섰다. 드넓은 벌판에 도착했을 때 저 멀리 숲속으로부터 '쏴아' 하는 소리가 들렸다. 점점 커지는 소리와 함께 숲속은 뿌

89

옇게 안개로 덮였고 그 소리와 안개는 점점 나에게 다가왔다. 비구름이 몰려오고 있었다. 산이 없이 사방으로 지평선이 펼쳐진 곳이라 멀리서부터 비가 다가오는 게 보였다. 곧 천둥, 번개와 함께 폭우가 쏟아졌고 나는 근처 문 닫힌 박물관에서 비를 피했다.

6월의 퍼붓는 빗줄기는 더 이상 다정한 봄비가 아니다. 그치지 않는 빗줄기 속에서 박물관 정원 한쪽에 비를 맞고 있는 거대한 산딸나무가 눈에 들어왔다. 초록이 가득한 6월에 빛나는 하얀 꽃을 가득 피워내는 산딸나무는 단연 돋보인다. 하지만 감상도 잠시, 그치지 않는 비에 산딸나무를 한참 동안 바라보고 있으니 이런저런 생각이 꼬리에 꼬리를 물었고 나는 결국 다시 실험 생각에 빠져들었다.

어릴 때 비 냄새를 좋아했다. 비 냄새의 원인 중 하나가 토양 속 박테리아와 곰팡이의 냄새라는 걸 알았을 때 놀랐다. 토양뿐 아니라 공기와 빗방울에도 미생물이 있다. 꽃향기 중엔 꽃이 아닌 꽃에 있는 미생물의 향기인 경우도 많다. 꽃가루를 옮겨주는 동물이 꽃가루와 함께 향기 나는 미생물을 전해주기도 한다. 향기 배달부인 셈이다. 식물의 잎과 줄기, 뿌리에도 미생물이 함께 살고 있다. 식물의 표면뿐 아니라 식물의 몸속에도 말이다.

꽃이 가득 핀 산딸나무는 초록색 나무에 흰 눈이 쌓인 것처럼 보인다. 그러나 하얀색으로 장관을 만들어내는 건 사실 꽃이 아니다. 진짜 꽃은 아주 작고 연한 초록색으로 중간에 모여 피어난다. 꽃무리 주변에 하얗고 큰 꽃잎처럼 보이는 구조인 포bract는 작은 꽃무리를 큰 꽃처럼 보이게 꾸며주는 역할을 한다. 동물들이 꽃을 잘 찾아갈 수 있도록. 예전에 읽은 논문 중에 이런 하얀 포에서 DNA를 뽑아 실험한 논문이 떠올랐다. 과학자들은 DNA를 뽑을 때 알코올로 식물을 잘 닦아 소독한 후 DNA를 뽑는다. 우리에게 보이지 않는 미생물을 죽이고 깨끗한 식물 DNA를 얻기 위해서다. 그러나 추출한 DNA에는 식물 몸속에 있어 죽지 않은 곰팡이와 균의 DNA도 섞여 있기 마련이다. 미생물들은 식물과 도움을 주고받거나 피해를 주기도 하며 때론 그냥 함께 있다. 줄줄이 이어지는 이런 생각들로 인해 비를 맞고 있는 거대한 산딸나무가 갑자기 새롭게 보였다. 물안개 속 거대한 산딸나무가 미세한 생명체들로 넘실거리는 듯한 착각이 든 것이다.

이런 생각들이 떠오른 건 내가 하고 있는 실험과 관련이 있어서다. 실험은 이론적으로는 아주 간단하다. 난초의 씨앗을 발아시키는 실험인데 원리를 보면 초등학교 때 강낭콩을 젖은 솜 위에 올려 새싹을 틔워내는 것과 별반 다를 게 없다. 그러나 이 실험이 까다로운 이유는 여러 조건이 더해지기 때문이다. 가장 까다로운 건 완전한 무균 상태를 만드는 것, 그리고 그 상태에서 난초 씨앗에 특정한 미생물만 만나게 해주는 것이다. 생각보다 완전한 무균 상태를 유지하는 건 어렵다. 실험이 수행되는 공간, 모든 도구, 내 손조차 모두 무균 상태여야 한다. 눈에 보이지 않는 생명체들을 죽이기 위해 멸균기, 알코올, 살균제, 무균 실험대, 불 등 가능한 한 모든 수단을 이용한다. 우리 주변에 넘쳐나는 미생물 중 어떤 생물은 죽이고 어떤 생물은 살리는 것도 어렵다. 단 하나의 미생물만 분리해 키우는 건 가끔 불가능하게 느껴지기도 한다. 나는 작은 움직임과 접촉에도 매우 예민해져서 끊임없이 알코올로 손을 소독하며 내 손과 팔이 지금 과연 무균 상태인지, 내가 딱 한 종류의 미생물만 얻은 게 맞는지 고민한다. 그러다 보니 보이지 않는 무수한 생명체들로 진저리가 난 상태였다. 결국 멸균에만 너무 집중한 나머지 초보적인 실수를 한 것이다.

난초의 씨앗은 스스로 싹을 틔울 영양분이 부족해 특정 곰팡이의 도움이 필요하다. 곰팡이는 난초의 씨앗에 외부의 영양분을 전달한다. 그리고 많이 연구되지 않았지만, 그 곰팡이가 잘 살아가기 위해서는 특정한 박테리아의 도움이 필요하다. 박테리아는 곰팡이를 도와주고, 곰팡이는 난초를 도와주는 것이다. 이러한 생태계를 생각해보면 눈에 잘 보이지 않는 수많은 미생물은 무척 경이로운 존재다. 그들이 없다면 우리 눈에 보이는 아름다운 산딸나무, 난초와 같은 생물도 만날 수 없다. 쏟아지는 빗방울, 피어오르는 물안개, 비를 흡수하는 흙, 만개한 산딸나무의 꽃,

꽃가루를 옮기는 동물들, 빗속에 서 있는 거대한 산딸나무를 둘러싼 보이지 않는 생명체들이 가득하다. 이들에게 진저리를 친 게 갑자기 미안해진다. 비를 맞고 있는 산딸나무가 작은 생명체들로 넘실거리는 듯한 환상을 보았을 때, 나는 다시 실험하고 싶은 마음이 들었다. 비가 그치고 실험실로 돌아가는 길은 보이지 않는 생명체들이 뿜어낸 신비로운 향기로 가득했다.

숲속의 어두움으로부터

'그게 맞다고 생각하다니 정말 당신을 이해할 수가 없네요.' 어떤 이에게 실망한 후에 내 마음속에 계속 맴돌던 생각이다. 형편없는 날들이 지속될 때가 있다. 이번 주가 그랬다. 좋지 않은 일들이 몇 가지 겹치면서 부정적인 생각에 내내 휩싸여 있었다. 그러다 한 지인에게 실망하면서 부정적인 감정은 극에 달했다. 결국 '나는 안 돼'라는 결론에 도달했다. 누구도 바꿀 수 없다는 걸 잘 알기 때문에 결과적으로 늘 화살은 나 자신을 향한다. 이번 주는 답답한 마음을 안고도 일이 바빠 숲속을 걸으며 생각을 정리하거나 쉬어갈 수도 없었다. 그래서 마음은 더 나빠져만 갔고 나는 결국 숲속으로 뛰쳐나갔다. 당장 할 수 있는 일이 숲속을 걷는 것밖에 없는 순간이었다.

숲속 오솔길은 어느새 나뭇잎으로 터널이 만들어져 있었다. 봄에 난 작은 새싹들은 아주 얇고 가벼운 깃털 같은데 여름을 앞둔 6월의 잎사귀들은 넓게 펼쳐지고 도톰해져 나뭇가지를 휘어지게 할 만큼 무거워진다. 나뭇가지에도, 땅 위에도 초록 잎이 무성하다. 잎사귀들은 한층 강해진 햇빛이 반가운 듯 반짝였다. 곧

다가올 여름에 강렬한 햇빛을 맞으며 폭발적으로 일어날 광합성을 준비하는 듯. 숲은 고요하면서도 여름을 맞을 비장함이 느껴진다. 내가 떠올리는 초여름 숲의 모습이었다. 그런데 이번에 나는 이맘때 한 번도 눈여겨보지 않았던 다른 게 눈에 들어왔다. 겨울에야 관찰하게 되는 썩은 나뭇가지들과 낙엽들, 그것들과 버무려진 흙과 미생물들이다. 숲의 바닥에 수십, 수백 년 쌓여온 것들, 숲을 구성하는 중요한 것들이지만 관심받지 못하는 검은 잔해들 말이다. 잎사귀들이 찬란하고 무성한 계절에는 잎에 홀려, 또는 잎에 가려져 숲의 바닥에 쌓여 있는 검은 것들이 더 눈에 들어오지 않는다. 그러나 그날은 내 마음이 힘들어서 그랬는지 어둡고 음울한 것이 눈에 띄었다. 모든 것에는 빛과 그림자가 함께 있다는 생각에 깊이 빠져 있어서이기도 했다. 자연에는 틀린 게 있을까? 나쁨은 있을까? 슬픔은? 그런 답도 없는 생각들로 숲의 어두움을 응시했다.

연구소 건물로 돌아와 잠깐 다른 실험실에 들러 한 박사후연구원을 만났다. 연구소에는 나처럼 다른 나라에서 온 여러 박사후연구원이 있는데 상황이 비슷하다 보니 자연스레 친해져 자주 얘기를 나눈다. 그는 나와 달리 낙천적이고 여유로운 성격이다. 함께 놀자며 자주 나를 초대했는데 나는 번번이 거절하다가 겨우 한 번 그가 초대한 파티에 갔다. 그는 내가 너무 거절을 많이 한다며 바쁘고 열심히 사는 것도 좋지만 여유롭고 즐기는 삶이 중요하다고 자주 얘기했다. 그런 그가 나를 만나자마자 갑작스레 "그 메일 봤니? 연구소에 아주 슬픈 소식이 있어"라고 얘기했다. 메일에는 간밤에 한 연구원이 죽었다는 충격적인 소식이 있었다. 돌아가신 분과 긴 대화를 나눈 적이 있고 며칠 전에도 만나 인사를 나눴기에 나는 너무 놀랐다. 내게 소식을 알려준 그는 먼 곳을 바라보며 말했다. "역시 우리는 인생에서 중요한 게 뭔지 잘 생각해야 해. 난 오늘도 즐겁게 살 거야."

나는 얼떨떨한 기분으로 사무실로 돌아왔다. 내가 안고 있는 문제와 부정적 감정들이 갑자기 부질없이 느껴졌다. 그리고 숲 바닥에 켜켜이 쌓여 있는 검은 잔해들에 대해 곰곰이 다시 생각했다. 자연에서 맞고 틀린 건 없는 것 같았다. 죽은 식물을 보면 슬프고, 바이러스나 세균과 같은 미생물이 내 몸에 나쁘다고 말할 수는 있겠지만 그건 인간인 내 입장에서의 감정과 판단일 뿐이다. 그래서 슬프고 나쁜 것도 없는 것 같았다. 바닥을 이루는 검은 구성원들은 6월의 햇빛에 초록 잎을 반짝이는 살아 있는 식물들과 연결되어 있다. 별개의 것이라 말하기 어려울 정도로 견고하게 말이다. 미생물들은 식물의 뿌리에, 뿌리의 세포 속까지 들어가 있다. 동시에 흙 속 잔해와 다른 식물에도 연결되어 있다. 이들의 결합과 상호작용은 육상 식물의 탄생만큼 오래되었다고 한다. 물속에 있던 식물 조상이 햇빛을 찾아 땅 위로 나와 육상 식물이 되는 과정은 기나긴 역경이었다. 육지에는 햇빛은 많았으나 물속에서 온몸으로 쉽게 얻던 풍부한 물과 영양분은 없었다. 그 큰일을 뿌리가 혼자 해내야 했다. 그것을 도와준 것이 땅속 미생물이다. 화석과 유전적 자료들이 과학적 증거로 보고되고 있다. 최근에는 곰팡이뿐만 아니라 박테리아도 식물과 상호작용하며 도움을 주고받을 것이라 여겨지고 있다. 그래서 지금은 '식물이 땅 위에 올라온 후 미생물과 식물의 공생 관계가 시작되었다'고 보기보다 '땅속 미생물과의 상호작용이 식물이 육지로 나올 수 있는 주요한 요인이었다'고 여긴다.

숲속에는 맞거나 틀린 것, 좋고 나쁜 것, 기쁘고 슬픈 것이 없을 거라고 나는 어렴풋이 생각하고 있었다. 어떤 사람들은 생물의 생존방식을 경쟁이라는 단어로 요약하기도 한다. 하지만 나는 경쟁이나 공생도 자연을 설명하기엔 단편적이라는 생각이 든다. 그보다는 조화, 연결, 순환이라는 단어가 어울린다. 자연의 모든 건 조화롭게 연결되어 순환한다. 어떤 것이 더해지면 그것은 다른 것으로부터 온 것이다. 그 연결고리가 각 개체이며 그 개체들이 사는 방법은 개체 나름이지만 결과적으로 그 자신에도, 다른 개체들에도, 주변 환경에도 영향을 준다. 돌아가신 연구원을 추모하는 이메일에는 그가 좋아했던 것, 그가 생전에 다른 연구원들과 나누었던 일, 그가 우리에게 남겨준 것에 대해 쓰여 있었다. 숲에 사는 다른 생물들과 다를 게 없는, 지구에 살아가는 한 생물인 내가 어떤 마음을 가지면 좋을지, 어떻게 살아가야 할지 알 것만 같았다. 나는 살아서도 죽어서도 지구에서 하나의 연결고리이고 나의 말과 행동, 남겨놓게 되는 모든 것이 나와 내 주변에 영향을 끼칠 것이다. 나를 행복하게 할 사람도, 내 주변을 행복하게 할 사람도 나다.

귀여운 식물 탐험가

리파리스 릴리폴리아*Liparis liliifolia*라는 난초를 찾아야 했다. 선임연구관님은 이 난초가 연구소 캠퍼스의 딱 한 장소에서만 자라고 있다며 내게 GPS 좌표를 주셨다. 캠퍼스가 거대한 산도 아니고 GPS 좌표도 받은 터라 나는 출근 때와 다름없는 가벼운 복장으로 식물채집에 나섰다. 산책로를 벗어나 숲으로 들어가야 했을 때 완전히 덤불로 막혀 있어 애를 먹었다. 파고들 곳을 찾지 못해 헤매다가 가까운 곳에 나무로 된 다리가 있어 다리 중간에서 뛰어내려 물가를 통해 숲으로 들어갔다. 그때까지만 해도 '이쯤이야' 하며 자신감 가득했다.

나는 그 난초를 실제로 본 적이 없었다. 인터넷으로 사진을 찾아보고 특징도 읽어보았다. 만난 적 없는 식물을 야생에서 찾기란 쉽지 않다. 아무리 사진과 글을 보고 그 크기를 짐작해봐도 상상했던 것과 다르기 일쑤다. 친숙하지 않아 눈에 잘 띄지도 않는다. 다행히 리파리스 릴리폴리아는 30센티미터까지 자라는 꽤 큰 크기였고 꽃이 최대 30개까지 촘촘히 달려 있어 매우 특징적이었다. 특히 꽃잎이 독특하다. 아래쪽 꽃잎은 보랏빛과 갈색빛이 함께 돌고 조개껍데기처럼 납작하게 펼쳐진다. 자세히 보면 양쪽에 있는 두 꽃잎은 실처럼 가늘게 뻗어 곤충의 다리나 더듬이 같아 보인다. 이 난초가 속하는 나리난초속에는 우리나라의 흑난초, 옥잠난초, 참나리난초 등 여러 종이 있고 나는 그것들을 몇 번 채집한 적도 있었다. 난초의 잎과 꽃이 우리나라 종들과 많이 닮기까지 했으니 나는 정말 금방 찾을 줄로만 알았다.

GPS 좌표가 찍힌 장소에 곧바로 도착했으나 그 이후 주변을 1시간 넘게 맴돌고 있었다. 차분히 마음을 다잡고 난초의 키만큼 나지막하게 앉아 사방을 샅샅이 살피기도 하고, 난초보다 큰 식물들의 가지와 잎을 나무막대기로 들어내며 땅바닥을 유심히 살폈다. 연구관님이 마지막으로 하신 말씀이 계속 마음에 걸렸다. "GPS가 오차가 있는 것도 있는데 우리가 조금 잘못된 곳을 기록하기도 했어요, 하지만 바로 그 근방이긴 해요." 하지만 조금 더 영역을 넓혀봐도 좀처럼 난초처럼 보이는 식물을 찾을 수 없었다. 날도 덥고 계속 앉았다 일어서니 어지러움이 느껴졌다. 캠퍼스 안에서 자라는 난초인데다 GPS 좌표까지 있는데 찾지 못하니 실망도 크고 당황스럽기까지 했다. 지금까지 찾기 어렵다는 멸종위기 식물도 드넓은 야생에서 얼마나 여러 번 찾았는데 캠퍼스에 사는 난초를 못 찾다니 자존심이 허락하지 않았다. 그래서 포기하고 돌아가고 싶지는 않았지만 사실 막막했다.

잠시 앉아서 쉬다가 실험실에서 추진하고 있는 '스니퍼 도그 Sniffer Dog' 프로젝트가 이럴 때 필요한 거구나 싶었다. 이는 개를 훈련시켜 야생에서 난초를 찾는 프로젝트다. 연구관님이 이 프로젝트를 설명할 때마다 사람들은 상상만으로도 귀여움을 참지 못해 탄성을 터뜨리곤 했다. 개의 뛰어난 후각을 이용해 폭탄이나 마약, 혹은 송로버섯을 찾는 건 이미 잘 알려져 있다. 그래서 아주 창의적인 방법이라 생각되진 않았는데 식물학자들이 개를 훈련시켜 야생 난초를 찾는다는 게 사람들에겐 여러 면에서 귀여운 모양이었다. 식물 탐험가 중 하나가 귀여운 개라니! 항상 다른 어떤 프로젝트보다 이 프로젝트를 설명하면 사람들에게 쉽게 관심을 얻을 수 있었다.

이 프로젝트에는 어떤 개도 가능하지만 우선 탐지견으로 훈련되어 있고 난초가 사는 환경에서 잘 탐험할 수 있는 신체적 조건을 갖춘 개여야 한다. 난초의 잎, 꽃, 뿌리를 냄새 맡게 한 뒤 탐지견이 난초를 찾아내면 장난감을 이용해 탐지견에게 보상해준다. 이미 여러 곳에서 스니퍼 도그 프로젝트의 성공 사례들이 보고되고 있다. 난초가 없는 곳에서 탐지견이 사람을 부르는 경우가 있다. 그러나 그것은 꼭 실패가 아닐 수도 있다. 왜냐하면 난초는 다년생으로 새싹을 틔워 올리지 않고 몇 년을 땅속에서만 지낼 수도 있기 때문이다. 이럴 때 땅을 파헤치면 뿌리를 발견하지 못할 수도 있고 휴면하던 난초를 방해할 수도 있으니 깃발을 꽂아 표시해두었다가 다음 해에 잎이 나면 확인할 수 있다.

휴식을 마치고 다시 난초를 찾으러 일어섰다. 이럴 때 탐지견에게 도움을 구하면 얼마나 금방 끝날까 싶었다. 하지만 어차피 도움을 구할 수는 없었다. 스니퍼 도그 프로젝트는 실험실에서 진행 중이지만 난초 보전과 관리를 위한 일환이라 탐지견을 훈련하는 다른 기관과 협업해 야생 현장에서만 수행되고 있기 때문이다. 탐지견이 캠퍼스를 방문한 적은 없었다. 나는 헤매던 곳을 벗어나 북쪽으로 조금 더 이동했다. 그리고 드디어 관목 밑에서 두 장씩 짝을 지은 난초 잎사귀들을 발견했다. 간혹 꽃이 다 져버린 가느다란 줄기가 남아 있기도 했다. 그곳에 있던 개체들에 비하면 내가 사진으로 본 건 모두 꽃도 많고 크기도 커 사진 찍기 좋은 개체들이었던 것이다. 한번 난초가 눈에 들어오자 다른 식물이 무성해도 계속 쉽게 눈에 띄었고 드디어 꽃이 달린 개체도 발견했다. 그러나 시기가 늦었는지 대부분 꽃은 떨어지고 끝에 몇 송이만 남아 있었다. 나는 그 개체를 뽑아서 실험실로 돌아가 현미경으로 관찰한 후 돌아가 심어주었다. 그리고는 굵은 나무들을 골라 난초 주변을 빙 둘러놓았다. 동물이 난초를 먹지 않도록 보호하고 가을에 열매를 맺을 때 다시 쉽게 찾기 위해서였다. 집에 돌아와서 보니 진드기 두 마리에 물려 있었다. 진드기가 많은 메릴랜드에서 채집 때도 한 번도 물린 적이 없는데 이날은 숲속 한가운데서 시간을 너무 오래 보낸 탓이었다.

몇 달이 지나 가을이 왔을 때 나는 열매와 씨앗을 만나러 다시 그곳으로 갔다. 가는 방법도 확실히 알고, GPS 좌표도 다시 정확하게 찍었고, 굵은 나무를 둘러 표시도 해두었으니 이번에는 정말 아무 걱정이 없었다. 그러나 나는 또 찾지 못했다. 여름의 비바람은 모든 걸 바꿔놓았고 내가 둘러놓은 나뭇가지들도 사라져버린 상태였다. 한참을 헤매며 속으로 생각했다.

'난 역시 함께 식물을 탐험할 개가 필요해.'

7월

July

녹음 속 여름 열매들

6월 하순부터 7월 사이 한국엔 장맛비가 내린다. 어릴 때 어머니는 자두, 살구, 복숭아의 수확 시기가 장마와 겹칠 수 있으니 물을 잔뜩 먹어 싱거운 걸 사지 않도록 주의하라 일러주셨다. 하지만 그런 어머니도 종종 물맛밖에 없는 과일을 잘못 사 한탄하셨다. 자두, 살구, 복숭아는 모두 장미과, 벚나무속에 속하며 봄엔 화사한 꽃이 나무 가득 피어 과수원의 봄을 알려주는 식물들이다. 이 봄꽃들이 한여름이 시작되고 장마전선이 오가는 시기에 열매를 완성하는 것이다.

나는 어릴 때 유독 살구를 좋아했다. 아버지는 그런 내게 살구를 실컷 먹여주고 싶어 살구나무가 있는 동네 어르신 집에 나를 데려가셨다. 할머니가 혼자 사는 그 집엔 오래된 살구나무가 있어 매년 살구가 쏟아졌다. 지붕과 마당에 떨어져 터지는 많은 살구는 할머니에게는 골칫거리여서 할머니는 우리에게 마음껏 살구를 따 가라고 하셨다. 뙤약볕이 내리쬐는 날이 며칠간 계속된 뒤 살구를 따면 살구는 꿀맛이었지만, 며칠 비가 내리쏟아진 뒤 살구를 따면 같은 나무에서 딴 살구가 맞을까 싶게 싱거웠다. 그러나 나는 그 싱거운 살구도 곧잘 먹었다. 장마 때 싱거운 자두, 살구, 복숭아를 먹는 건 자연과 하나 되는 이상한 만족감이 있었다. 단맛과 향긋함이 부족한, 장맛비 가득 머금은 과일에서 장마를 맛본다고 할까. 물맛 나는 과육을 씹으면 창밖으로 쏟아지는 장맛비를 먹는 듯한 생각이 들었다. 온몸으로 장마를 느끼는 그 순간은 입속 달콤함과 다른 감동이 있다. 장마 때 싱거운 열매 맛은 열매가 물을 많이 머금은 게 아니라 사실 햇빛이 부족한 영향이 크다. 햇빛이 부족하면 식물이 충분한 당분을 만들지 못한다. 하지만 그로 인한 물맛은 나와 계절이 하나 되는 묘한 충만감을 준다.

7월은 녹음이 우거짐에도 불구하고 식물에 대한 관심은 봄보다 줄어든다. 봄에 반짝이던 연둣빛 새잎들이 단단해지고 초록으로 짙어지면 우리를 둘러싼 온천지 식물들이 어느새 당연한 배경으로 여겨지기 때문일까. 봄에 환호했던 꽃과 새싹의 향연은 사라졌고 마치 1년 내내 푸른 잎이 그 자리에 변함없이 있었던 것 같다. 뜨거운 햇빛과 쏟아지는 장맛비를 막아줄 잎이 무성한 나무가 새삼 눈에 띄고 반가울 때도 있지만 더위와 빗줄기, 숲속 날벌레는 숲으로부터 우리를 멀어지게 한다. 사람들은 가을 단풍과 가을걷이를 보며 다시 식물에 관심을 보인다. 그러나 식물은 하루하루 부지런히 자라며 언제나 변화무쌍하다. 나는 식물이 우리의 눈길을 강하게 사로잡지 못하는 여름의 시작, 이 시기에 등장하는 자두, 살구, 복숭아가 고맙다. 봄의 결실을 보여주는 이 과일들은 지금도 식물이 아름답다고, 숲으로 오라고 알려주는 것 같기 때문이다. 봄꽃을 피운 이후 끊임없이 이어진 식물의 수고가 뙤약볕 아래 달콤함으로, 장맛비 아래 비의 감동으로 돌아왔다고.

시장에서 만나는 이 과일들뿐 아니라 숲속에도 한여름을 앞두고 열매를 키워낸 식물들이 있다. 나는 며칠 전 내가 일하는 연구소 숲속을 거닐며 산딸기 종류인 와인베리^{Wineberry}를 땄다. 선임 연구관님은 숲속 와인베리를 가득 따서 잼을 한번 만들어본 적이 있다고 하셨다. 그 뒤 나도 언제 한번 손안 가득 붉은 와인베리 열매를 따보고 싶었다. 과학적 접근, 전원생활, 수확의 기쁨, 자연에 대한 감사, 그런 이유 때문은 아니다. 40년 동안 연구해온 숲속에서 작은 산딸기를 따는 할아버지 과학자의 모습을 떠올린다. 그는 오랜 시간 식물과 숲을 연구했지만 내가 옆에서 그를 보며 느낀 건 연구를 했다기보다 그가 오랜 시간 식물과 대화했다는 게 적절한 것 같다. 자신이 사랑하는 식물과 친해지기 위해. 과학자들은 연구를 위한 게 아니라면 숲속에서 자연물을 가져오지 않는다. 숲에 있는 모든 건 자연의 순환을 이루는 고리이니까. 그러나 그때 그는 숲속에서 하나의 순환고리였다. 그가 숲속에서 산딸기를 따고 맛보는 모습은 인간의 채집활동이라기보다 내가 숲속에서 만난 사슴의 모습과 다르지 않았을 것 같다. 나도 그걸 느끼고 싶었다.

와인베리는 한국에서도 자라는 식물이다. 정확히 말하면 원래 한국에서 자라는 식물이다. 한국 이름은 붉은가시딸기 혹은 곰딸기다. 중국·일본을 포함한 한국이 원산지인데 관상용으로 미국에 들여왔다가 야생화되어 미국의 귀화식물이 되었다. 귀화식물은 다른 나라를 침략하여 원래 살던 종들을 밀어내고 세력을 넓히기 때문에 종종 그곳 사람들의 미움을 받는다. 그러나 사실 식물에게는 죄가 없다. 귀화식물 중 많은 종이 인간에 의해 옮겨졌고 그들은 낯선 곳에서도 용감하고 아름답게 자란다. 와인베리는 길가와 숲 가장자리를 따라 이동하며 세력을 넓혔고 지금은 다른 여러 종류의 미국 산딸기들과 함께 미국 동부 숲속에서 덤불을 이루는 주요 식물 중 하나다. 작은 키는 동물들이 접근하기 쉽고 붉은 열매는 탐스럽다. 열매를 감싼 빨간 털과 가시가 달린 꽃받침이 위협적이지만 열매가 붉게 익을 때면 활짝 펼쳐져 동물들에게 열매를 내어준다. 와인베리의 맛은 미국 동물들의 입맛에도 맞았다. 여우, 다람쥐, 주머니쥐, 흑곰, 토끼, 너구리, 많은 종의 새들에게 먹이가 되고 동물들은 달콤한 열매를 먹으며 씨앗을 멀리 퍼뜨려주고 있다.

한여름의 문턱, 열매 한 알을 먹는다. 열매는 따가운 햇빛, 후텁지근한 무더위, 축축한 장맛비, 숲속의 날벌레, 그리고 지친 우리에게 상큼한 쉼표를 준다. 내가 먹은 열매가 녹음 속에서 영롱하게 빛나던 모습을 떠올린다. 또한 그 맛에서 여름의 햇빛, 더위, 비, 곤충의 수고를 생각한다. 열매를 먹는 숲속 동물들처럼 우리가 태초 자연에서 어떤 순환고리였는지, 그것이 얼마나 아름답고 평화로운 것인지 깨닫는다.

'식물 먹기'에도 시작이 있었다

7월을 앞두고 나는 새 보금자리로 이사했다. 주인집 할머니네 아들 내외가 해외에서 돌아오면서 방을 비워줘야 했기 때문이다. 그 집에 들어갈 때부터 예정되었던 것이라 미리 다음 집을 수소문했다. 다행히 봉사활동을 하는 농장에서 친해진 한 청년이 집을 공유해줄 수 있다고 해 그곳으로 이사했다. 한동안 새집을 구하지 못해 초조했고, 집을 구하고 나니 적응할 생각에 또 예민했었다. 그러나 이사한 지 얼마 되지 않아 나는 금방 편안해졌다. 또래인 새 집주인과 얘기가 잘 통했기 때문이다. 처음에 나는 농사를 열심히 짓는 그 청년이 농부인 줄 알았는데 알고 보니 과학 선생님이었다. 그는 미국의 서쪽 끝 캘리포니아 출신이었고 이곳 동쪽 끝 메릴랜드로 온 지 얼마 되지 않았다고 했다. 메릴랜드에 사시던 할머니가 돌아가시면서 그 집과 땅이 어머니에게 상속되었는데, 할머니가 아프셨던 동안 돌보지 못했던 집과 땅을 다시 정돈하고 가꾸기 위해 그는 캘리포니아에 가족들을 두고 자신만 이곳으로 왔다고 했다. 나보다 메릴랜드에 반년 정도 빨리 왔고 그도 나처럼 새롭게 정착하는 중이었다.

이사한 집은 메릴랜드의 시골 풍경을 간직한 고즈넉한 곳이다. 전에 살던 집은 쇼핑몰과 마트가 가까이 있는 마을 안에 있었는데 이 집은 광활한 풀밭과 숲을 소유하여 외따로 떨어져 있다. 밤이면 주변에 불빛 하나 없고 대신 숲속이 반딧불로 가득해 거대한 크리스마스 행렬 같다. 그의 할머니는 말을 사육하고 교배도 시켜 뛰어난 경주마가 될 아기 말을 탄생시키는 일을 하셨다. 오래된 지역 신문에 찍힌 할머니의 사진과 기사를 보니 꽤 유명한 말 전문가였던 것 같았다. 그러고 보니 집 곳곳엔 말과 관련된 물건이 많고 창고 중 하나는 마구간이었다. 그는 할머니의 추억이 가득한 그곳을 말을 위한 공간으로 계속 가꾸고자 했다. 이곳에 정착하며 고친 것, 새로 만든 것, 계획하고 있는 것에 대해 희망찬 얘기를 많이 했다. 우리는 말이 뛰어놀 광활한 풀밭을 산책하며 그곳에 자라는 식물에 관해서 얘기를 나눴다. 풀밭에는 초식동물이 즐겨 먹는 벼과와 콩과 식물 외에 간간이 가시나 독성이 있는 식물이 자라고 있었다. 밀크위드^{Milkweed}, 돼지풀, 엉경퀴류, 독성이 있는 가지과 식물 등이다. 그는 말이 그런 잡초를 먹지 않도록 제거하고 잘린 풀을 모아 건초를 만들면 사료로 만들 수 있다고 했다. 초식동물은 자신이 먹을 수 있는 식물과 아닌 식물을 알긴 하지만 실수로 독초를 먹기도 하고 큰 탈이 나기도 한단다.

우리는 흔히 동물이 본능적으로 먹을 수 있는 식물과 아닌 식물을 구별할 줄 아는 것으로 여긴다. 하지만 발효된 열매를 먹고 취한 동물을 보면 멋모르고 먹는 동물도 분명 있는 모양이다. 더 심각하게는 독초를 먹고 간 손상, 불임, 낙태 등을 겪거나 운이 나쁘면 죽기도 한다. 본능만으로 먹을 수 있는 식물을 구별할 수 없음이 분명하다. 동물인 우리 인간도 독초와 먹는 풀을 본능적으로 알지는 못한다. 특히 온갖 종류의 풀을 먹는 나물의 민족, 한국인들도 모두 독초와 나물을 잘 구별하는 건 아니다. 우리는 흔히 학습을 통해 식물을 구별하는 법을 알게 된다. 다른 동물들도 부모를 통해 배운다. 그러면 아주 오래전에 누군가에게 배울 수 없었을 때, 그 시작은 어떠했을까? 지금도 독초를 먹고 탈이 나는 중독 사고가 꾸준히 있듯 누군가의 도전으로, 또는 실수로 시행착오를 겪었다. 그리고 그 지식은 전해진다. 시행착오와 학습, 나아가 자연선택과 진화를 통해 하나씩 축적된 '식물 먹기'의 기술은 정말 긴 역사를 가졌고 지금도 진행 중인 셈이다.

땅 위에 사는 식물은 언제부터 먹혔을까? 식물이 진화를 통해 땅 위로 올라온 지 2000만 년이 되지 않았을 때 절지동물에게 처음 먹혔다고 추정된다. 그때부터 식물은 먹히지 않는 법을 궁리하고 동물은 먹을 수 있는 식물을 찾고 잘 먹을 궁리를 했다. 식물은 가시와 독을 만들거나 향과 모양, 색으로 먹지 말라 경고

해왔고, 동물은 경험과 학습을 하며 식물을 구별하고 식물을 잘 소화할 수 있게 신체 구조를 변화시켜왔다. 공진화를 얘기할 때 자주 등장하는 게 초식동물과 식물의 관계다. 상상 이상의 기상 천외한 방법에 놀라운 게 많은데 그 모든 과정에 도전이 있었고 시행착오를 겪었다는 걸 생각하면 재미있고 경이롭다.

나는 전에 살던 집에 들어갈 때 처음 미국인과 사는 것에 걱정이 이만저만이 아니었다. 주인집 할머니와 나는 처음에 무척 어색해서 출퇴근 때 인사만 하는 정도였다. 그러나 1년을 보내고 그 집을 나올 때 우리는 헤어지는 걸 내내 섭섭해했다. 내가 새집에 잘 적응할 수 있을까 걱정하고 있을 때 할머니는 새로운 환경으로 간다는 건 인생에서 좋은 경험과 좋은 사람을 만나는 과정이라고 하셨다. 생각해보면 나는 할머니에게서 배운 게 정말 많았다. 인생의 연륜을 배운 것도 있지만 미국 사회에 대해, 소소하게는 미국인의 생활에 대해 말이다. 예를 들면 잔디 깎는 걸 할머니에게 처음 배웠는데 내가 유아차처럼 생긴 잔디깎이를 다룰 수 있게 되었을 때 할머니는 기뻐하며 동영상을 찍어주셨다.

작은 잔디마당이 있던 그곳과 달리 이사한 새집은 광활한 풀밭을 깎는 다양한 잔디깎이가 있다. 큰 건 트랙터에 연결하는 무시무시한 크기다. 나는 어제 청년에게 자동차처럼 생긴 잔디깎이를 배웠다. 어느덧 새집에서 걱정은 모두 사라지고 즐겁고 신기한 일들로 하루하루를 채우고 있다. 청년은 메릴랜드로 이사 와서 너무나 다른 문화를 가진 한국에서 온 나와 사는 경험을, 전 집주인 할머니는 처음으로 아들 내외와 초등학생 손자와 사는 경험을 시작했다. 동물이 식물을 먹는 건 지구 역사에서 거대하고 복잡한 과정이지만 그것도 작은 시작들로 이루어졌다. 생각해보면 거대해 보이는 모든 일이 식물을 관찰하거나 냄새를 맡는 아주 단순하고 작은 행동에서 시작된다. 그리고 그건 누구나 할 수 있고 해볼 만한 일이다.

자연에는 편견이 없다

북미의 자생 난초 시리즈를 그리고 있다. 일곱 종을 그리는 것을 목표로 올 초에 목록을 만들었다. 각종의 새싹, 꽃, 열매, 씨앗 등을 1년 동안 빠짐없이 관찰해야 하는 일정표다. 일곱 종은 적은 수지만 사계절 각 생태를 보기 위해 여러 번 서식지를 방문하고, 시기가 맞지 않아 다시 방문하다 보면 1년은 정신없이 지나간다. 대부분 종이 정해졌고 서식지도 아는데 딱 한 종이 모자라 고민이었다. 가장 가능성이 있는 건 제비난초속*Platanthera*에 속하는 프린지드 오키드*Fringed Orchid* 종류였다. 이름에서 알 수 있듯이 난초들은 술*fringe* 장식처럼 펼쳐져 아래쪽으로 드리워지는 꽃잎이 무척 아름답다. 그림을 그리기 위해 선정한 다른 종들은 모두 눈에 띄는 형태는 아니다. 작고 초라한 형태라 여겨지는 종이 자세히 들여다보면 굉장한 비밀을 간직한 경우가 많다. 나는 내가 선정한 종의 숨겨진 비밀을 사람들에게 전할 수 있기를 기대하고 있다. 하지만 한편으로는 쉽게 관심을 끌 수 있는 화려함이 없어서 혹 사람들이 이 그림 시리즈 자체에 관심 없지 않을까 걱정되기도 했다. 프린지드 오키드는 그 문제를 해결해줄 것 같았다.

여러 번 방문해 관찰해야 하는 걸 고려할 때 최대한 근처에 난초가 있기를 바랐다. 하지만 실험실 사람들에게 물어보니 근처에는 이 난초가 없었다. 자연 관찰 공유 플랫폼을 살펴보니 집 옆 보호구역에 누군가 사진을 찍어 올린 걸 알게 되었다. 보호구역은 파투센 강Patuxent River을 중심으로 둘로 나뉘어 있는데 우리 집이 있는 곳 건너편 쪽이었다. 그곳을 잘 아는 친구가 나와 동행해 주었다.

친구는 학부 때 식물분류학 수업을 좋아했고 식물에 관심이 많았다. 못 찾으면 어쩌나 걱정하는 나에 반해 그는 식물을 찾으러 간다고 매우 신나 있었다. 사진이 찍힌 곳 근처까지 갔을 때 우리는 그 사진이 강 속 늪지에서 찍혔다는 것을 알게 됐고 들어갈 수 없음을 깨달았다. 나는 부정확한 정보가 많은 플랫폼에 대한 믿음도 적었고 난초가 늪지에 자랄 리도 없어서 금방 포기했다. 그에 반해 친구는 난초과의 특징을 재차 묻고 무성한 늪지 식물을 헤치고 다녔다. 늪지에 아슬아슬하게 흙이 돋아져 있는 곳을 따라 꽤 깊이 들어갔을 때도 난초는 없었다. 친구는 많은 사람이 강에서 카약을 타니 누군가가 카약을 타고 물속 난초를 찍었을지도 모른다고 했다. 나는 속으로 그런 장소엔 난초가 살지 않는다고 생각했지만 아무 말도 하지 않았다.

적극적으로 난초를 찾는 친구에 반해 나는 일찌감치 마음을 내려놓고 산책했다. 친구는 나보다 한참이나 뒤쳐져 이곳저곳을 샅샅이 살피며 따라왔다. 산책로는 사진이 찍힌 곳에서 멀리 떨어진 산 위로 이어졌다. 어느새 친구는 포기했는지 따라와 함께 걷고 있었다. 산길을 따라 산책하다 보호구역 입구로 돌아왔다. 벤치에 앉아 쉬며 섭섭해하는 친구에게 나는 괜찮다고 했다. 식물채집 때 정확한 정보가 있어도 식물을 발견하지 못하는 건 흔한 일이었다. 그렇게 담소를 나누다가 집으로 돌아가려는데 친구가 다시 한 곳만 가서 확인하면 좋겠다고 했다. 난초과의 특징을 가진 식물의 잎을 본 것 같다며. 나는 처음 이곳에 도착했을 때부터 난초가 살 만한 곳이 아니라고 확신했지만 친구가 실망하는 게 싫어 따라나섰다. 친구는 물이 찰랑거리는 개흙이 있는 장소로 나를 데려갔다. 마른 진흙이 뒤덮인 채 개흙에서 솟아난 식물이 여러 촉 있었다. 그것들은 눈에 띄지 않는 초록색 꽃도 있었다. 프린지드 오키드는 아니었지만 같은 속에 속하는 플라탄테라 플라바*Platanthera flava*라는 습지 난초였다.

감격한 나머지 난초 옆에 앉아 한동안 자리를 뜨지 못했다. 친구가 이렇게 알아보기 힘든 난초를 찾은 데 놀랐다. 그에게 정말 좋은 눈을 가졌다고 계속 칭찬했다. 나는 어떤 시리즈를 완성해 처음 전시를 열 때 도움을 준 사람들의 얼굴과 이름을 함께 전시한다. 친구에게 너는 그렇게 소개될 사람 중 가장 중요한 사람이라고 얘기했다. 나는 한 번도 이렇게 물 바로 옆에, 게다가 염분이 있는 해수가 종종 섞이는 기수에 난초가 자라는 걸 본 적이 없었다. 그래서 당연히 난초가 없으리라 생각했기에 더욱 놀라웠다. 현미경으로 관찰한 난초는 역시나 구조를 알기 쉬운 크고 화려한 난초보다 신비로웠다. 야생난초의 숨겨진 아름다움을 전하는 것을 시리즈의 주제로 정하면 프린지드 오키드보다 이 습지 난초가 완벽한 마지막 종이란 생각이 들었다.

일곱 번째 난초를 선정하고 홀가분한 마음이 되었다. 이제 가을에 이 난초의 열매와 씨앗만 관찰하면 한국으로 돌아가기 전까지 아무 문제가 없었다. 그러나 다음 고비가 기다리고 있었다. 뿌리를 보기 위해 뽑았던 난초를 관찰 후 다시 심어주었는데 알수 없는 동물이 뿌리만 먹어버려 난초가 죽었기 때문이다. 다행히 습지엔 여전히 다른 개체가 많이 남아 있었다. 석 달을 기다린 후 늦가을에 열매와 씨앗을 보기 위해 다시 난초를 만나러 갔을때 또 다른 고비를 맞았다. 여름내 물 수위가 높아져 여러 번 산책로가 잠겼는지 출입이 금지되어 있었고, 산길을 돌아 겨우 난초를 발견했던 곳 근처에 가보니 풍경은 완전히 변해 있었다. 물이 넘칠 때마다 개흙이 깎이고 쌓여 지형이 달라져 있었다. 몇 번을 헤맨 끝에 난초를 만나던 곳에 도착하니 고운 개흙만 깔려 있을 뿐 난초는 흔적조차 없었다.

우리는 살면서 자신이 지닌 경험을 바탕으로 하나씩 지식을 넓혀나간다. 경험이 많으면 더 넓고 더 쉽게 이해한다. 예측도 쉬워진다. 그러나 과연 인간의 지식으로 자연은 예측할 수 있는 것일까? 자연을 공부할 때 언제나 열린 생각을 가져야 함을 안다. 자연은 복잡하고 거대하고 다양하니까. 결국 마지막 일곱 번째 종인 이 난초를 위해 내년에 다시 이곳을 방문해야 한다. 하지만 괜찮다. 운이 나빴다는 생각이 들지 않는다. 이 습지 난초는 끊임없이 내가 가진 편견을 깨닫게 해주었기 때문이다.

죽은 튤립나무가 흙이 되려면

　진행하고 있는 실험 때문에 애를 먹고 있다. 이 실험은 이론적으론 매우 간단하다. 난초가 곰팡이와 함께 있는지 아닌지에 따라 뿌리를 통해 내뿜는 화학물질을 비교하는 것이다. 이 프로젝트는 이전에 있던 박사후연구원이 제안하여 실험 자금을 확보한 상태였다. 그 연구원이 취업이 되어 실험실을 떠나면서 대신 실험할 사람이 필요해졌고, 연구계획서와 자금이 이미 마련되어 있으니 나는 덥석 그 실험을 하겠다고 받았다. 그러나 실험을 실제로 수행하기 위해 준비하면서 계속 문제에 부딪히고 있었다. 완벽한 이론과 가설을 세워도 연구계획서는 계획서일 뿐이라는 얘기가 있다. 실제 실험을 하다 보면 실험이 불가능하거나 생각해본 적 없는 문제가 튀어나오기 때문이다. 그 연구원과 나는 시간이 날 때마다 의논하며 하나씩 문제를 풀어나갔다.

　곰팡이가 없을 때 난초 씨앗이 발아하지 않는 문제, 산소와 이산화탄소를 공급하기 위한 용기 크기의 문제, 다른 곰팡이와 박테리아의 오염이 없도록 유지하는 문제, 화학물질을 분석하는 기계에 맞게 영양물질을 만드는 문제 등 끊임없는 고민이 이어졌다. 가장 고민한 문제는 난초를 키우는 배지의 종류였다. 배지는 식물이나 균 등을 기르는 데 필요한 영양소가 든 물질이다. 곰팡이는 아주 적은 영양분만 있어도 빠르게 자라 용기와 난초를 뒤덮어버린다. 그에 반해 난초는 곰팡이와의 공생 없이 홀로 생존하려면 풍부한 영양분이 필요하다. 어떤 난초는 곰팡이의 도움이 없으면 자라다가 죽어버리기도 한다. 그러나 곰팡이의 유무에 따른 배지의 변화를 비교하기 위해서는 같은 배지가 사용되어야 했다. 고민 끝에 튤립나무 가지를 간 가루를 영양분으로 사용하기로 했다. 그것은 최소한의 영양분으로 난초를 살리면서도 곰팡이가 천천히 자라나 난초를 덮어버리는 걸 막을 수 있을 것 같았다.

실험실에서는 난초를 키우기 위해 여러 배지를 사용한다. 실험 재료를 판매하는 회사에서 나온 순수한 화학물질들을 적합한 비율로 섞어 난초가 자랄 수 있는 배지를 만들 수 있다. 혹은 씨앗 발아나 조직 배양에 적합하도록 최적의 조성으로 완성된 배지를 사서 사용할 수도 있다. 천연물에서 얻은 재료를 곧바로 난초의 배지로 사용할 때도 있는데 튤립나무의 가루는 그중 하나로 오래전부터 실험실에서 사용해온 것이다. 이곳 숲속에서 흔히 자라는 튤립나무와 그 아래에서 함께 자라는 난초를 보며 아이디어를 얻은 것이다. 실험실에 있던 재료라 나는 고민 없이 찬장에서 꺼내 썼다. 그런데 실험 중간에 가루가 동이 나버렸다. 그 가루는 오래전에 만들어진 것으로 지금 있는 연구원 중에는 만드는 법을 아는 사람이 없었다. 선임연구관님들이 배지를 만드는 단계를 설명해주셨고 마지막으로 분쇄기를 쓰는 단계에서는 퇴직한 선임연구관님이 연구소로 오셔서 가르쳐주기로 하셨다. 나는 튤립나무의 가지가 분쇄기에 넣을 수 있는 상태가 될 때까지 여러 단계를 수행해야 했다. 먼저 숲에 가서 굵직한 튤립나무의 가지를 꺾어 잎과 잔가지를 모두 제거한 뒤 실험실로 가져온다. 가지의 껍질을 모두 벗겨 하얀 목재만 남긴다. 큰 전지가위나 톱으로 가지를 콩만 한 크기로 조각낸다. 그 뒤 건조기에 넣어 말린다. 각 단계는 아주 단순한 작업이어서 나는 하루 안에 끝낼 계획이었다.

튤립나무 가지를 꺾으러 숲으로 갔다. 꽤 굵직한 가지를 잘라야 해서 톱과 큰 전지가위를 몇 종류 챙겨 갔다. 운이 좋게도 지난밤 큰 폭풍이 있어 나뭇가지들이 많이 부러져 있었다. 큰 튤립나무 가지가 부러진 걸 발견했고 반쯤 꺾여 있어서 조금만 더 잘라내면 될 것 같았다. 그러나 톱과 가위로 한참을 씨름해도 싱싱하고 질긴 가지는 좀처럼 잘리지 않았다. 그때 남녀 한 쌍이 내 곁으로 다가왔고 남자는 자신이 도와주겠다고 했다. 근육이 많은 아주 건장한 사람이어서 나는 옳다구나 도움을 청했다. 그가 약간만 힘을 쓰면 금방 가지가 잘릴 줄 알았는데 그도 결국 튤립나무와 꽤 씨름해야 했다. 폭풍우와 행인의 도움을 받은 것까지는 순조로웠다. 나는 잔가지와 잎을 쳐내고 커다란 가지를 들고 장군처럼 기세등등하게 실험실로 돌아왔다. 그러나 그 뒤론 긴 시간이 걸렸다. 칼로 껍질을 벗기고 가지를 콩알만 하게 자르는 건 3일이나 걸렸다. 어찌나 힘이 들던지 팔과 손이 얼얼하고 밤엔 녹초가 되어 잠이 들었다. 건조기에서 나무 조각을 말리는 것도 꼬박 하루가 걸렸다.

분쇄기에 넣을 준비가 끝나자 선임연구관님은 분쇄기들이 모여 있는 공동 실험실로 나를 데려가셨다. 그곳에서 연구소 사람들은 식물, 흙, 동물, 돌 등 온갖 것을 간다. 큰 소음과 분진이 발생해 안전 장비는 필수다. 연구관님은 캐비닛에서 아주 오래된 기계를 꺼내셨다. 40년 넘게 근무한 연구관님이 가장 처음 산 기계 중 하나라고 하셨다. 분쇄기는 아주 단순한 구조였지만 매우 강력한 힘으로 단단한 나뭇조각을 갈아냈다. 그런 만큼 굉장한 소리를 냈다. 기계는 한계가 있어 한 번에 많은 나뭇조각을 넣을 수 없었고 엔진이 너무 뜨거워지면 멈추고 식길 기다려야 했다. 분쇄 과정 또한 3일이 걸렸다.

다음 날 드디어 가루를 작은 숟가락으로 떠서 무게를 재고 증류수와 섞어 난초가 자랄 조그만 병에 담았다. 튤립나무 가지가 가루가 될 때까지의 과정을 생각하니 조금도 흘릴 수가 없었다. 자연에서 곰팡이가 얼마나 위대한 분해자인지 새삼 느껴졌다. 물론 나보다 곰팡이는 더 긴 시간을 가지고 나무를 분해한다. 하지만 곰팡이는 물리적으로 작은 조각을 만드는 해체뿐 아니라 유기물을 무기물로 바꾸는 진정한 분해를 한다. 나무가 무기물이 되기 위해서는 셀룰로스와 리그닌이 분해되어야 하고 그것은 자연에서 목재부후균이 할 수 있다. 곰팡이들은 숲속에서 강한 힘도, 굉음도 없이 평화롭게 그 일을 수행한다. 그들이 만들어 낸 무기물을 다른 생물이 사용할 수 있게. 곰팡이는 분명 분해자를 넘어 자연을 순환시키는 환원자다. 그들은 사라짐의 진정한 미학을 알고 있다.

8월

August

한여름, 나무의 성장과 상처를 바라보며

여름에 미국에 오면 자주 일기예보를 확인하게 된다. 드넓은 대륙에서 밀려오는 비구름이 장엄한 만큼 비바람은 무섭게 불어 닥치고, 쾌청한 하늘이 눈부신 만큼 햇빛은 강렬하고 뜨겁다. 변화무쌍한 여름 날씨는 견디기 힘들어서 경보라도 있는 날에는 되도록 밖에 나가지 않는다. 뇌우와 폭우, 폭염 경보까지 있었던 어느 주말, 나는 집에 머물기로 마음먹었는데 우리 집에 놀러 온 친구에게 일이 생겨 집을 나서게 되었다. 차에 시동을 걸자마자 천둥 번개가 치며 비가 억수같이 퍼부었다. 무서운 날씨에 우리는 한동안 움직일 수 없었다. 비가 잦아들자 곧 강렬한 햇빛이 등장했다. 비바람은 짧았지만 얼마나 강력했는지 도로에는 큰 나무들이 뽑혀 쓰러져 있었다. 여름은 나무에게 성장의 계절인 한편, 거친 돌풍으로 나무를 상처 입히고 때론 생을 마감하게 하는 계절이기도 하다. 상처가 치명적이지 않다면 나무는 생존할 수 있지만 살아남아도 상처가 남을 것이다.

우리는 일을 마치고 가까운 거리에 있는 브룩사이드 가든 Brookside Gardens에서 산책했다. 여름꽃이 종종 보였지만 식물 대부분은 잎만 무성했다. 비를 잔뜩 맞아 물을 머금은 식물들은 햇빛에 푸른 잎을 말리고 있었다. 나무의 짙은 초록색 잎들은 그 색감과 농도가 조금씩 다르게 뭉쳐 피어나 푸르고 묵직한 구름이 정원 곳곳에 앉아 있는 것처럼 보였다. 이 식물원에서 가장 잘 알려진 곳은 큰 연못과 정자, 그 옆에 가지가 늘어진 거대한 나무 몇 그루가 있는 잔디밭이다. 연못 가장자리 중 정원을 가장 잘 볼 수 있는 곳엔 거대한 돌로 꾸며진 테라스 형태의 공간도 있다. 브룩사이드 가든은 연구소에서 가까워 미국 생활이 힘들 때 혼자서 종종 찾던 곳이다. 나는 함께 간 눈썰미 좋은 친구 덕에 4년 만에 새로운 걸 발견하게 되었다.

내가 단순히 거대한 돌이라고 생각했던 건 추모비였다. 2002년 워싱턴 주변에서 있었던 연쇄 저격 살인사건의 희생자들을 기리기 위한 것이었다. 미국에 간다고 하면 다들 한 번쯤 총격 사건을 걱정한다. 실제로 뉴스에 자주 등장해서 미국인들에게 물어보면 흔한 일이라고 얘기한다. 연구소 근처는 매우 안전한 곳이지만 나는 우연히 지난달에 총에 맞아 죽은 두 사람의 장례식에 다녀오며 미국의 어느 곳도 안전하지 않다고 느꼈다. 특히 2002년 사건은 이 근방에서 무척 충격적이고 큰 사건이었다. 한 달이 채 되지 않은 기간 동안 27명이 죽거나 다쳤던 사건으로 미국의 수도에서 일어난 총격 사건 중 손에 꼽히는 사건이었다. 당시에는 사람들이 집 밖에 나오길 꺼려 할 정도였다고 한다. 여러 희생자가 난 지역 근처에 브룩사이드 가든이 있어 이곳에 추모비를 세운 것이다. 추모비엔 죽은 이들의 이름이 새겨져 있었다.

또 하나 새롭게 발견한 건 나무에 새겨진 이름들이었다. 브룩사이드 가든 한쪽에는 가지가 늘어진 거대한 자작나무류가 있었는데, 친구가 늘어진 가지들을 헤치고 들어갔다 발견한 것이다. 아름다운 흰색 나무둥치엔 긁거나 파내어 이름들이 새겨져 있었다. 처음에 우리는 그 이름들이 추모비에 새겨진 이름과 같은 이름이라 추측했다. 유족들이 가족이 너무 그리워 추모비 근처에 새긴 것 아닐까 생각했는데 아무리 생각해도 나무에게 너무 잔인한 일인 것 같아서 의아했다. 우리는 추모비와 나무에 새겨진 이름을 하나하나 비교해보았고 나무에 있는 이름은 단지 정원을 방문한 철없는 이들이 새긴 낙서라는 걸 알게 되었다. 잊지 않고 기록하기 위해 어딘가에 이름을 새기는 일이지만 전혀 다른 두 가지의 새김을 보며 우리는 생각에 잠겼다. 사람들의 상처를 기억하고 보듬기 위한 기록과 장난으로 기록하기 위해 나무에 낸 상처, 무생물인 돌에 새기는 행위와 돌처럼 딱딱하지만 살아 있는 생명체인 나무에 새기는 행위. 나무는 살아 있기에 성장하고, 성장할수록 상처가 벌어진다. 우리 몸에 남는 상처와 다르지 않다. 겉으로 드러난 상처가 아니어도 우리는 마음에 남은 상처를 기억한다. 모든 생명체는 살아 있는 한 상처를 계속 안고 살아간다.

생명이 있고 스스로 생활 현상을 유지해나가는 물체, 생물의 등장을 누군가는 긴 지구의 역사에서 과학적으로 당연한 수순이라 말할 수도 있다. 46억 년 전 가스로 이루어진 지구에 천천히 물이 생기고 그 물속에서 40억 년 전 최초의 생명체가 탄생했다. 시간이 흐르며 진화를 통해 많은 종이 생겼고 지금 지구엔 우리 인간을 포함해 1300만~2000만 종이 살고 있다. 주변을 둘러보면 쉽게 생물을 만날 수 있다. 하지만 무생물만 있던 삭막한 지구, 그곳에 최초의 생물이 탄생한 순간을 상상해보면 주변에 흔한 생물들이 다시 보일 것이다. 생명이 있는 물체라는 말론 충분하지 않다. 설명할 수 없이 경이롭다. 생명이 사라지면 생물이 죽는다는 것도 말이다. 살아 있다는 건 그 끝, 죽음이 있다는 걸 의미하니까. 죽음은 생물이 무생물이 됨을, 사라짐을, 완전한 떠남을, 다시 볼 수 없음을 의미한다. 아무리 바란다 해도 돌에 새겨진 사랑하는 이들은 돌아올 수 없다. 생명을 잃었기 때문에. 유가족은 살아생전 마음의 상처가 사라지지 않을 것이다. 나무는 죽을 때까지 사람들이 낸 많은 상처를 안고 있을 것이다. 나무는 돌과 달리 살아 있는 생물이기 때문에, 우리 인간처럼.

이틀 뒤 친구가 여행을 끝내고 한국으로 돌아갔다. 공항에 데려다주고 돌아오는 길에 헤어짐이 섭섭해 눈물이 났다. 내게 지낼 곳을 마련해주신 할머니에게 친구가 떠나서 울었다고 하자 몇 년 전 남편을 잃은 할머니가 얘기하셨다. "다시 만날 수 있잖니?" 변화무쌍한 여름 날씨 속에 생명이 요동치는 듯 보인다. 태어나고, 성장하고, 상처 나고, 죽는다. 살아 있는 모든 것이 소중하고 애틋하게 느껴지는 계절이다.

꽃은 정성스럽고 참되게 핀다

예전에 어느 교수님이 미국에 처음 공부하러 와서 금방 미국 식물을 외울 수 있을 것 같아 자신만만했다고 하셨다. 한국 식물과 같은 종으로 보이는 식물이 많아서였다고. 그러나 조금 깊이 들여다보니 한국 종과 미묘하게 다르게 생긴 근연종이어서 오히려 구별하기 쉽지 않았단다. 나는 2018년에 처음 메릴랜드의 숲속을 걸으며 정확하게 그 교수님과 같은 경험을 했다. 첫 1년 동안 숲속에서 만난 종이 한국 종과 같은 종인지 근연종인지 구별하느라 애를 먹었다. 갑작스레 새로운 종을 많이 접했으니 어려운 게 당연한데 나는 조급해하고 힘겨워했다. 한국에서 식물 이름을 척척 부르며 나름대로 자신감 넘쳤던지라 더 그랬던 것 같다. 처음 보는 식물들에 하고 싶은 것도 많고 계획도 여럿 세웠지만 1년이라는 시간 내에 제대로 완성한 건 없었다. 새로운 실험도 하고 열심히 배우긴 했지만 그걸 바탕으로 논문을 쓸 수 있는 정도도 아니었다. 대학에서 여러 생물학 분야를 배웠어도 내가 전공한 식물분류학 분야가 아닌 식물생태학 분야로 갑자기 논문을 쓸 수는 없는 노릇이었다. 그 1년의 경험은 많은 도전이었지만 내가 식물학자로서 재능이 없다는 암담한 느낌을 남겼다.

그때 계획했던 일 중 하나가 이곳 메릴랜드 지역의 자생 난초를 그리는 것이었다. 과학적으로 식물을 그리려면 많은 문헌 조사를 하고 1년 동안 생애주기를 관찰한 뒤 그리는 시간도 최소 한 달 넘게 걸린다. 사실 1년 안에 할 수 있는 일은 아니었다. 그래도 나는 내가 혼자 잘해왔던 그림은 한 점이라도 완성할 줄 알았다. 그러나 그마저도 못했다. 문헌 조사가 오래 걸린 것도 있지만 나는 식물을 그리려면 어떤 이의 초상화를 그릴 때처럼 대상을 오랫동안 바라보고, 익숙해지고, 사랑하는 데 시간이 필요하다. 그런데 그만큼 난초를 충분히 관찰하지 못했기에 그릴 마음이 들지 않았기 때문이다. 나는 이 연구소에서 3년째 되는 해에 드디어 난초를 그릴 마음이 들었다. 그동안 자연스레 난초에 대해 많이 공부하게 되었고 숲속에서 난초와 충분히 함께한 덕이다. 나는 지난 2년 동안 관찰한 정보를 바탕으로 새싹, 꽃, 열매, 씨앗 등을 볼 수 있는 날짜를 목록으로 만들어 놓치지 않고 하나씩 관찰해나갔다.

오늘 다우니 래틀스네이크 플랜틴Downy Rattlesnake Plantain, *Goodyera pubescens*이라는 난초의 꽃을 현미경으로 관찰했다. 이 난초는 이름에서 알 수 있듯 털이 많고(downy) 잎에 방울뱀(rattlesnake)의 비늘 같은 무늬가 있으며 질경이(plantain)처럼 잎이 중앙에서 모여 납작하게 사방으로 퍼진다. 식물체가 작고 땅에 납작 붙어 있어 찾기 쉬운 편은 아닌데 겨울에도 푸르고 독특한 무늬가 있는 잎을 볼 수 있어 겨울에 더 찾기 쉬운 난초다. 나는 지난겨울에 연구소의 한 늪지 옆에서 이 난초의 잎을 발견하고 계속 관찰하다가 드디어 여름의 한가운데인 오늘 꽃 관찰에 성공한 것이다. 겨울에는 난초가 햇빛을 받을 수 있도록 난초를 덮어버린 낙엽을 치워주고 봄부터는 어느 개체에서 꽃대가 올라오는지 계속 살폈다. 일곱 개의 개체 중에서 한 개체의 잎 중앙에 무언가 작은 게 올라왔을 때 얼마나 설레었는지, 그것이 조금 더 자라서 내가 기다리던 꽃대라는 걸 알게 되었을 땐 또 얼마나 신이 났던지. 꽃대는 생각보다 길게 뻗어 올라갔고 꽃봉오리가 생기고도 한참을 더 자랐다. 다닥다닥 붙어 있던 꽃들이 일정한 거리를 두고 떨어져 자리를 잡고 봉오리가 벌어지기까지도 오랜 시간이 걸렸다. 그리고 마침내 밑에서부터 꽃이 피기 시작했을 때 그 작은 꽃이 지금 완전히 핀 것인지 아닌지 또 한참 고민했다. 노란 꽃밥이 보이지 않아서 하루를 더 기다려야 했을 땐 혹여 사슴이 꽃을 뜯어먹을까 밤새 걱정했다. 이곳에 사는 흰꼬리사슴은 이 난초를 곧잘 먹어치우기 때문이다.

이렇게 끈질기게 난초를 관찰하는 일은 가끔 내가 연구소에서 느끼는 허전함을 채워주곤 한다. 새로운 실험과 분석에 막막

함을 느끼고, 제출한 논문이 거절되고, 시도하려는 논문 주제가 어렵게만 느껴질 때 논문과 직접적인 연관은 없지만 그림을 통해 이렇게라도 난초를 열심히 공부하고 있다는 게 위로가 되었다. 요즘 나는 종종 나 자신이 게으르고 형편없는 과학자라는 생각이 들었다. 무언가 열심이지만 성과가 없는 것 같아서였다. 정확하게는 논문이 아직 출판되지 못했고, 논문은 앞으로 내가 안정적으로 연구할 수 있는 환경과 연결되어 있기 때문이다. 나는 연구를 그만둘까 하는 생각이 들 때마다 도와주신 선배 식물학자들의 얼굴이 하나씩 떠오른다. 제대로 감사 인사도 못 한 분에겐 죄스러움마저 든다. 최근에 어떤 펀드를 시도하면서 내 선임연구관님의 지인에게 추천을 받아야 했다. 다행히 그 지인분이 흔쾌히 수락했고 그들의 대화 메일을 전달받게 되었다. 나는 그 메일 속에서 선임연구관님의 나에 대한 전적인 믿음을 알게 되어 놀랐다. 결국 사무실에서 눈물을 쏟고 말았다.

다우니 래틀스네이크 플랜틴을 조사하면서 이 난초를 37년 동안 관찰한 과학자들의 논문을 읽었다. 흰꼬리사슴의 섭식이 난초의 개체수에 어떤 영향을 주는지 분석했고 흰꼬리사슴이 난초를 많이 먹어치우면 다음 해에 난초의 개체수가 감소하고 회복하는 데 몇 년간의 시간이 필요하다는 결론이었다. 사실 당연한 결론처럼 보이지만 37년간 꾸준히 관찰하고 정확하게 분석한

덕에 두 장의 짧은 논문임에도 과학자들의 성실함이 강렬하게 담겨 있었다. 사전에서 '성실'이란 단어를 찾아보면 '정성스럽고 참됨'을 뜻한다. 오늘 꽃 한 송이를 관찰한 것이 앞으로의 논문이고 전시다. 그리고 언제나 그 시간이 결과물을 맞이하는 뿌듯한 시간보다 더 길다. 내 고민을 아는 친구가 오늘 내게 말했다. "그냥 계속해. 그러다 보면 막막하게 느껴지는 일들이 꽃을 피우기 시작해."

아마존에서 새로운 길을 찾다

아마존은 식물학을 연구하는 내게 꿈이었다. 나는 얼마 전 아마존 탐험을 마치고 미국으로 돌아왔다. 아마존에서의 17일 동안의 여행이 메릴랜드에서의 1년 7개월보다 더 길게 느껴진다. 새로운 것들로 인해 신기하고 충격이었던 것도 있지만 내게 일어난 사건과 만남이 운명적으로 다가와서다. 나는 중남미에 대해 아는 게 거의 없었고 이번에 처음으로 남미를 방문했다. 오직 아마존 식물을 만나고 싶다는 열망만 가득한 채 여행을 떠났다.

내가 소속된 실험실은 아마존과 관련된 프로젝트가 없었고 이번 여행은 정말 우연히 이루어졌다. 옆 실험실의 박사후연구원을 통해 국립아마존연구소의 한 식물학자를 알게 되었고 그녀의 초대로 아마존에서 대학원생 수업을 진행하게 된 것이다. 3일간의 수업 외에는 그녀의 실험실 연구를 도와 숲을 탐험하거나 내가 속한 연구소와 오리건 대학교 실험실의 공동 연구를 도왔다. 도심에 있을 때는 식물원과 국립아마존연구소의 식물표본실 등을 둘러보았다. 그 과정에서 식물을 포함한 많은 생물과 다양하고 멋진 사람들을 만났고 나의 미래를 새롭게 계획할 만큼 중요하고 아름다운 시간을 가졌다.

여행 초반에는 아마존에 대한 환상을 깰 만큼 별로 유쾌하지 못했다. 아마존 식물을 만나기 위해 나는 메릴랜드에서 출발해 애틀랜타와 브라질 상파울루에서 각각 비행기를 갈아타고 약 30시간을 이동해 마나우스라는 도시에 도착한 뒤 아마존의 한 보호구역이자 연구구역인 아돌포 두케 삼림 보호구역^{Reserva Florestal Adolpho Ducke}까지 가야 했다. 그러나 가는 도중 나와 동료는 세 번째 비행기를 놓쳤고 짐을 잃어버렸다. 짐 속에는 동료의 연구 장비와 기계들, 내 수업 자료와 재료들, 숲속에서 지낼 때 필요한 갖가지 안전 장비와 캠핑 도구, 잠을 잘 해먹, 말라리아 약 등 온갖 중요한 것들이 들어 있었다.

브라질 항공사 관계자들은 우리의 타들어가는 속은 아랑곳하지 않고 친절하게 웃으며 계속된 실수로 우리를 곤경에 빠뜨렸다. 나는 급기야 한국인의 부족한 인내심을 표출하며 항공사 직원에게 녹음기를 들이밀기까지 했지만, 직원이 자신보다 영어를 잘하는 상사가 30분 뒤에 올 것이라며 사라진 이후 우리는 아무도 만나지 못했다. 허탈한 마음으로 호텔로 가는 길에 본 마나우스의 밤 풍경은 꽤 위험해 보였고 인프라는 좋지 않았다. 도로에는 곳곳에 커다란 구멍이 나 있고 쓰레기가 나뒹굴었다. 마약과 술에 취한 노숙자와 구걸하는 사람을 볼 수 있었다. 자연환경

외에는 아는 것이 거의 없고 브라질의 전통을 보고 싶었던 내겐 다른 도시와 다를 바 없이 해외 프랜차이즈 가게들이 들어선 그곳의 풍경이 아쉬웠다.

짐을 언제 돌려받을지 알 수 없는 가운데 현지 동료가 필요한 물건을 모두 다시 사서 열대우림으로 들어갈 것인지, 호텔에서 짐을 더 기다릴 것인지 물어보았을 때 나는 완전히 평정심을 잃었다. 아마존 숲을 보러 왔는데 왜 내가 도심에 있는지 모르겠다며 좌절했다. 우리의 집요한 독촉 때문인지 모르겠지만 짐은 이튿날 아침 공항에서 찾을 수 있었고 우리는 서둘러 숲으로 들어갔다. 그리고 그때부터 일어난 모든 일은 꿈만 같다. 연구자들만 들어갈 수 있는 보호구역에는 여러 나라의 다양한 생물학자들이 오갔다. 아마존의 다양성만큼 그 각각의 것을 연구하는 과학자가 있다는 게 감사했다.

나는 아마존을 방문한 다른 연구자들과 얘기를 나누고 그들의 실험을 도우며 새로운 것을 보고 듣고 배웠다. 나를 초대한 식물학자가 분류학자여서 그녀를 따라다니며 그녀가 들려주는 방대한 지식과 함께 아마존 식물을 머릿속에 담을 수 있었다. 밤마다 채집한 식물을 아마존 식물도감으로 찾아보는 건 또 다른 즐거움이었다. 숲속을 지키는 직원들과 교류하고, 현지 전문가들에게 현장에서 열대우림의 식물을 채집하고 분류하는 기술을 배우고, 숲속의 야외 주방에서 하루 세끼를 책임지는 요리사에게 브라질 음식도 배웠다. 내 수업을 들었던 국립아마존연구소의 대학원생들과도 3일 동안 함께 숙식하며 아침부터 밤까지 열심이었다. 우리는 아마존 숲속의 계곡에서 함께 수영도 했다. 매일 여러 사람에게 포르투갈어를 배우는 것도 좋았다. 내가 배운 단어들이 숲속에서 쓰는 연장이나 요리할 때 배운 채소여서 흔치 않은 단어를 구사할 때 현지인들이 놀라는 것도 재밌었다. 숲속 곳곳에는 잎을 잘라 옮기는 개미 떼, 한 줄로 이동해 커다란 뱀처럼 보이는 애벌레들, 위험한 독성을 가진 거미, 아름다운 나비, 기괴한 소리로 울어대는 원숭이들, 갖가지 소리를 내는 새와 곤충이 있었다. 해먹에서 잠을 자는 내내 숲은 다양한 소리로 울어댔고 그 소리가 합창단처럼 커서 잠을 설치곤 했다.

숲을 나와 도심에 있을 때 나는 틈틈이 브라질에 대해 찾아보고 공부했다. 미국이나 호주의 인종과 문화의 다양성을 보며 멜팅 팟Melting pot이나 샐러드 볼Salad bowl이라고 부르는데 브라질은 그보다 더 다양한 것 같았다. 정치적 문제와 불안한 치안에 대해 들으면 두려웠지만 그 때문인지 사회는 더 역동적으로 느껴졌다. 강렬한 더위는 날짜와 시간까지 잊게 만들곤 했다. 게다가 숲속에서는 통신이 되지 않아서 완전히 현실 세계를 잊어버렸다. 식물표본실에는 아마존에서 발견된 신종 식물이 가득 차 있었고 식물원에서도 갖가지 식물과 동물들에 눈을 뗄 수 없었다. 다른 연구자들과 떨어져 혼자 여행하게 되었을 때부터 내 수업을 들었던 한 학생이 나와 동행해주었고 그는 브라질에 대해 많은 걸 알려주었다. 브라질을 떠나기 위해 공항에 다시 왔을 땐 처음 도착해 짐을 기다리며 좌절하고 실망했던 마음은 완전히 사라지고 나는 다양성이 폭발하여 정신없는 그곳을 사랑하고 있었다. 다양성은 자연뿐 아니라 모든 걸 흥미롭고 풍요롭게 한다. 나는 지금 그곳에 돌아가고 싶다.

왜 첫눈에 사랑에 빠질까

어릴 때부터 열대지방에 대한 강렬한 열망이 있었다. 10년 넘게 서울 살이를 할 때는 그 열망이 극에 달했다. 1년에 눈이 한 번 올까 말까 한 남쪽에서 어린 시절을 보낸 내겐 서울은 항상 춥고 눈이 많은 곳으로 기억된다. 나는 서울에 사는 내내 겨울을 싫어했다. 눈이 펑펑 오는 아름다운 풍경도 이내 시큰둥해졌다. 겨울은 추위에 약한 나에게 온갖 병들을 가져다주곤 했고, 무엇보다 식물을 만나기 어렵고 초록색이 사라진 풍경은 막막했다. 추위에 떨며 미끄러운 눈을 피해 회색 도시 속을 걷다 보면 우울함이 밀려왔다. 그러다 한겨울에 식물채집을 하기 위해 처음 열대지방에 갔을 때 겨울이 싫다면 따뜻한 곳으로 이동하면 된다는 간단한 방법을 체감했다. 당연한 사실이고 겨울에 따뜻한 곳으로 여행한 적도 있었는데 적극적으로 실천해볼 생각을 하지 않았던 내겐 큰 깨달음이었다. 그 이후로 겨울만 되면 어떻게든 서울에서 지내지 않을 궁리를 했다. 여유가 있다면 따뜻한 나라로 떠나거나 여의치 못하면 남쪽으로 내려가 짧게라도 여행했다. 그리고 시간이 더 지나면서 나의 꿈 중 하나는 식물의 다양성이 폭발하고 1년 내내 초록이 넘치는 열대지방에서 사는 것이 되었다.

식물을 조사하고 그리는 일이 직업이 되면서 나는 자연스레 여행자가 되었다. 여러 나라를 돌아보면서 열대에 살고자 하는 꿈을 더 확신하게 되었다. 열대지방을 방문할 때마다 그곳의 식물들은 언제나 날 들뜨게 했기 때문이다. 사실 석사가 끝날 즈음, 아마존을 여행하며 그림을 그린 영국의 한 식물 화가의 책을 읽고 행복한 꿈을 꿨다. 비슷한 삶을 살아볼 수 있지 않을까 생각하면서. 그러나 그때는 너무 어렸고 꿈같은 생각이었을 뿐이다. 그러다 이번 아마존 여행에서 알게 된 또 한 사람의 삶을 생각하면서 어쩌면 정말 가능하겠다는 느낌이 들었다. 그는 국립아마존연구소의 식물표본실 수장이었다. 내가 표본실을 방문했을 때는 그가 없어 만날 수 없었지만 다른 큐레이터를 통해 그에 대해 들을 수 있었다.

국립아마존연구소의 식물표본실에서 만난 큐레이터는 내가 갑작스럽게 방문했음에도 불구하고 2시간이 넘게 표본실을 안내해주고 설명해주었다. 포르투갈어를 못하는 나를 위해 한 학생이 통역해주었다. 학생과 나는 영어로 대화하고 학생이 다시 큐레이터와 포르투갈어로 대화하며 이야기를 주고받다 보니 시간이 배로 걸렸다. 마지막 장소인 표본제작실에 도착했을 때 나는 약간 장난기가 발동했다. 그들이 대화할 때 나는 포르투갈어를 알아듣는 척 "심Sim"이라며 대화에 끼어들었다. '예'라는 뜻이었다. 그러자 큐레이터는 크게 웃음을 터뜨리며 방금 무슨 말을 했는지 알아들었냐고 물었다. 나는 당연히 알아듣지 못했다. 그는 식물표본실의 수장이 영국 사람이며 아마존 식물과 사랑에 빠져 이곳에 정착했다고 설명하고 있었다. 그러면서 아내가 브라질 사람인데 너도 브라질 남자와 사랑에 빠져 이곳에서 아마존 식물을 연구하는 게 어떠냐고 농담했는데 그 순간에 내가 '예'라고 답을 한 것이다. 나는 표본실 수장이 브라질 사람이 아니라는 것에 놀랐다, 영국과 브라질은 문화도, 사람도, 언어도, 모든 것이 너무나도 다르기에 그가 살아온 삶을 상상하며 흥분했다. 한편으론 나도 가능하지 않을까 하는 강한 느낌에 사로잡혔다.

미국으로 돌아와서도 계속 아마존에 대한 열망에서 벗어나지 못했다. 브라질의 역사, 사회, 문화와 같은 일반적인 것뿐만 아니라 국립아마존연구소 근처의 물가와 집값 등 실질적인 것들을 조사했다. 포르투갈어를 배울 방법도 알아보았다. 지금 있는 연구소에서 해야 할 논문과 실험을 하면서도 어쩐지 마음은 내내 아마존 열대우림에 있었다. 내 생에 한 번도 생각해보지 않은 삶이 머릿속에서 끊임없이 이어졌다. 그리고 그건 열병이 되었다. 당장에라도 아마존 열대우림으로 돌아가지 않으면 안 될 것 같은 느낌마저 들었다. 그 열병은 한 달 넘게 나를 괴롭혔고 급기야 몸과 마음이 아팠다. 나는 왜 이렇게 잠시 방문한 곳에 집착하는지 곰곰이 생각해보았다. 그것은 이성에게 첫눈에 반하는 것과 비슷한 것 같다. 첫눈에 반하는 건 왜 일어날까? 평소에 내가 가지고 있던 소망들로 뭉쳐져 있는 (사실은 뭉쳐져 있는 듯 보이는) 누군가가 나타났을 때 일어나는 것 같다는 결론에 도달했다. 소망이 과하면 열망이 되고 그래서 알지도 못하는 낯선 사람에게 빠져버린다. 열망이 과해지면 열병을 앓게 된다. 그때는 이미 소망이 아니라 욕심으로 이루어진 착각이나 망상일 것이다. 물론 그것이 꿈을 완성하는 첫걸음일 수 있고 가능성이 있다. 그러나 순간의 첫 만남으로는 분명 알 수 없다.

내가 방문한 아돌프 두케 산림보호구역은 마나우스 도심과 맞닿아 있는 네모반듯한 형태의 숲이다. 처음 지도로 그곳을 보고 어떻게 숲이 이렇게 인위적인 형태인지 의아했었다. 정부가 숲의 보호와 연구를 위해 지정한 곳이기 때문인데 숲의 바깥은 도시와 맞닿아 모두 개발된 상태였다. 아마존 열대우림은 8개국에 걸쳐 있는 거대한 산림이지만 벌써 20퍼센트 정도가 농업, 벌채, 채굴, 인위적 화재, 축산업 등으로 사라졌고 현재도 진행 중이다. 아마도 사람들의 대책 없는 열망, 욕심들이 가득하기에 그럴 것이다. 그러면 미래를 생각하지 않고 판단하며 속도를 내게 되고 쉽게 실수를 저지른다. 결국엔 아프다. 모든 건 때가 있고 준비와 인내심이 필요하다. 오랜 생각과 점진적인 실천, 이성적 판단으로 올바른 곳에 도달해야 한다. 아마도 내가 지금 아마존에 간다면 곧 나는 내 소망과 달리 완전히 낯선 곳이란 걸 깨달을 것이고 매우 아플 것이다. 나는 아직 아무것도 준비되지 않았기 때문에.

작은 우리가 큰 나무를 만나는 방법

거대한 나무는 어떻게 채집할까? 한국에서는 식물을 채집할 때 크게 고민한 적이 없는 질문이다. 나무가 열대우림의 나무만큼 크지 않고 밀집되어 있지 않아 쉽게 방법을 찾을 수 있었기 때문이다. 그러다 석사 때 처음 열대우림의 식물을 채집하면서 이 질문을 정면으로 맞닥뜨리게 되었다. 캄보디아의 열대우림에서였는데 그때는 한국에서도 종종 썼던 고지가위를 이용해 높이 있는 가지를 잘랐다. 고지가위는 가위 아래 대 부분을 낚싯대처럼 늘릴 수 있는 가위로, 금속 봉으로 되어 있어 무겁고 최대한으로 늘리면 매우 휘청거려 그 끝에 달린 가위를 가지에 정확히 가져가는 게 쉽지 않았다. 나는 힘이 부족해서 고지가위를 이용한 식물채집엔 영 소질이 없었다. 게다가 고지가위는 최대한으로 늘려도 거대한 열대우림에서 역부족이었다. 이후 중국에서는 나무를 잘 타는 현지 전문가의 도움을 받았다. 숲속에서 열매나 약초를 채집하는 사람이었는데 외국인들을 만난다고 양복을 입고 와서 우리를 웃게 했던 기억이 난다. 한편으로는 그의 예의에 고마웠다. 그는 양복을 입고도 약초 바구니를 등에 지고 맨발로 빠르게 나무를 타서 감탄을 자아냈다. 아마존에 가기 전까지 열대우림의 큰 나무를 채집하는 방법 중 내가 경험해본 건 고지가위와 현지 나무 등반가의 경우가 다였다. 이론적으로는 다른 여러 가지 방법을 알고 있었지만 한 번도 직접 경험해본 적은 없었다.

나는 이번 아마존 열대우림 탐험에서 이론으로만 알던 흥미로운 방법들을 직접 접하게 되었다. 현지 브라질 식물학자들과 탐험했을 때 그들은 몇 가지 간단하고 고전적인 방법으로 경이롭게 임무를 수행했다. 아마존의 나무들은 30미터로 매우 높고 빽빽하게 밀집되어 나무 아래에서 직접 볼 수 있는 건 나무 기둥뿐이다. 만약 손이 닿는 곳에 나무 기둥에서 뻗어 나온 작은 가지와 잎사귀가 있다면 그걸 채집해 식물종을 알 수도 있지만 그런 경우는 흔치 않았다. 또한 나무 기둥과 주변에는 바닥에서 올라오는 어린나무와 기둥을 타고 오르는 덩굴식물, 나무에 달라붙어 사는 착생식물이나 기생식물이 복잡하게 함께 자라고 있어 어떤 잎사귀가 해당 나무의 것인지 헷갈리기 쉬웠다. 그래서 나무 기둥의 표면 질감과 무늬를 잘 구별하는 게 중요한데 그마저도 이끼나 지의류가 촘촘히 덮거나 무늬처럼 자라나 알아보기 힘들 때도 있었다. 현지 식물학자들은 정글도라 불리는 팔 길이 정도의 긴 칼로 나무 기둥 일부를 작은 조각으로 잘라냈다. 열대우림의 나무는 상처를 내면 특수한 수지나 수액을 분비하는 경우가 많다. 대표적으로 고무는 고무나무에서 분비된 흰 수지로 만들어진다. 나무는 다양한 색, 투명도, 점도를 가진 진액을 냈다. 그 진액과 나무의 나이테에 따른 색, 결을 확인하여 기록하는 게 종 구별에 중요했다.

나무 기둥에서 얻은 나무 조각으로는 구별할 정보가 부족해 나뭇잎을 확인해야 한다. 가장 확실한 건 꽃과 열매이지만 나무의 가장 높은 가지에 있기 때문에 확인이 힘들다. 땅에 떨어진 꽃과 열매도 많지만 빽빽한 밀림에서 그것이 어느 나무에서 온 것인지 알아내기는 어렵다. 식물학자들은 쌍안경을 이용해 나무 기둥을 따라 올려다보며 나뭇가지 끝을 찾아내고 거기에 달린 나뭇잎을 관찰했다. 나도 쌍안경을 빌려서 나뭇잎을 살펴보았으나 하늘을 메운 나뭇잎들 사이에서 내가 알고자 하는 나무의 나뭇잎을 찾아내는 건 쉽지 않았다. 게다가 높은 곳에 달린 나뭇잎들은 모두 비슷해 보였고 크기를 예측하기 어려웠으며 햇빛이 역광으로 비춰 시커멓게 보여 온전한 하나의 형태를 파악하기도 어려웠다. 현미경으로만 잎을 많이 관찰했지, 쌍안경으로 잎을 관찰해야 할 줄이야. 이후의 과정은 더 경이로웠다. 새총으로 작은 돌을 쏘아 한두 장의 나뭇잎을 맞춰 떨어뜨린다. 바둑돌만 한 작은 돌로 나뭇잎을, 정확히는 잎자루를 맞춰 온전한 나뭇잎을 얻는다. 하늘에 얼기설기 얽힌 여러 종류의 나뭇가지와 겹겹

이 층을 이룬 나뭇잎 중에 원하는 나무의 나뭇잎을 맞춰 떨어뜨린다는 게 내겐 신기에 가깝게 보였다. 식물학자들은 나뭇잎이 팔랑거리며 떨어질 때 눈을 떼지 않고 빽빽하고 험한 숲을 헤쳐 나가 나뭇잎을 잡아챘다. 나뭇잎이 멀리 날아가 놓치게 되면 그 이후는 더 놀라워졌다. 열대우림에는 가을에 낙엽이 지는 온대 지역과 달리 1년 내내 나뭇잎이 떨어진다. 갈색 낙엽은 물론 비바람이나 동물에 의해 갓 떨어진 초록색 잎도 가득해서 방금 떨어진 나뭇잎이 어떤 것인지 알아내기 어렵다. 그러나 그들은 매번 정확하게 자신들이 떨어뜨린 나뭇잎을 주워 왔고 이름을 맞혔다.

미국에서 온 생태학 연구팀을 도와 열대우림에 들어갔을 때는 다른 방법으로 식물을 채집했다. 그 연구팀은 광합성을 측정하기 위해 충분한 크기의 가지를 채집해야 해서 현지 나무 등반가를 고용했다. 아마존의 나무는 거대해서 등반가는 나무에 올라가서도 고지가위를 이용해 가지를 채집했다. 연구자들은 드론을 이용하기도 했는데 드론 아래쪽에 로봇 팔과 회전식 톱이 달려 있어 로봇 팔이 가지를 붙잡고 회전식 톱이 썰어냈다. 그들은 울창한 숲 때문에 종종 드론을 잃어버리는 불상사가 생긴다고 했다. 이번에도 작은 드론을 잃어버렸는데 운이 좋게도 한 연구자가 우연히 숲속에서 그것을 찾아 주워 왔다. 드론이 나뭇가

149

지를 가져오는 걸 구경하며 우리는 다른 채집 방법에 대해 서로 이야기를 나누었다. 특히 열기구를 타고 숲 위를 날아다니며 채집하는 방법과 숲 위에 그물을 깔아 그 위를 기어 다니며 식물을 채집하는 방법을 모두 경험해보고 싶어 했다. 이야기를 나누며 나보다 큰 나무를 마주하려는 전 세계 식물학자들의 노력이 귀엽게 느껴졌다. 미국으로 돌아와 정원에 자라고 있는 스트로브 잣나무 아래에서 이 글을 쓰며 새삼 이 평화롭고 거대한 생명체가 경이롭게 느껴진다. 나무를 알고자 하는 우리의 노력은 앞으로도 늘 아름다울 것이다. 사랑하는 누군가 또는 무언가의 눈높이를 맞추는 일은 모두 다정하고 사랑스럽다.

가을

Autumn

9월

September

식물이 씨앗을 심는 계절

2월부터 미국에서 농사를 배우고 있다. 선임연구관님이 토요일마다 농사를 짓는데 함께 해보겠냐고 제안하셔서 따라갔다가 일이 커졌다. 처음에 나는 도시 텃밭을 가꾸는 것쯤으로 생각했다. 지자체에서 땅을 빌려주는 곳이 있는데 그곳에서 농사를 지어 다양한 채소를 먹을 수 있다는 설명만 들었기 때문이다. 연구관님의 차를 타고 내린 곳은 뜻밖에도 저그베이 습지보호구역^{Jug Bay Wetlands Sanctuary}이었다. 메릴랜드주에서 자연환경과 야생생물 연구·보호를 위해 지정한 곳이다. 보호구역 내 강가에는 드넓은 농장이 펼쳐져 있는데 아주 오래전에 유럽인들이 정착했을 땐 담배농장이었다고 한다. 그곳에서 자원봉사자들이 완전한 유기농으로 농사를 지어 농산물을 지역민들에게 기부하는 프로그램을 연구관님이 그냥 '농사'라고 하신 것이다. 물론 농사에 참여한 자원봉사자도 유기농 농산물을 먹을 수 있지만, 그보다는 기부에 초점이 맞춰져 있었다. 그러니 당연히 농사 규모는 컸고 완전한 유기농을 위해 농장을 이끄는 이도 전문가였다. 나는 손바닥만 한 텃밭을 나눠 주면 뭘 심을까 설레며 연구관님을 따라갔다가 당황스러워졌다. 존경하는 연구관님이 추천하신 건 역시나 이런 일이지, 하면서도 거대한 농장 앞에 서니 두려웠다.

그렇게 무턱대고 참여한 농사가 벌써 7개월. 어느새 가을의 시작, 9월이 왔다. 돌이켜보니 설레었던 첫 씨앗 뿌리기, 잡초와의 싸움 후 다리가 아파 절뚝거리며 연구소로 출근한 날들, 환상적인 채소 비빔밥의 맛, 무한 반복으로 끝날 것 같지 않던 콩 따기 등 다양한 추억들이 떠오른다. 오크라, 토마틸로, 루바브, 그라운드체리 등 익숙하지 않은 외국 채소들이 자라는 모습을 보는 것도 신기했다. 가끔 뿌듯함에 세상을 다 가진 듯 사진을 찍어 한국 친구에게 보내면 친구는 식물을 연구하러 미국에 갔다더니 농장에서 워킹홀리데이를 하는 거냐며 웃었다. 생각보다 수확이 빨리 이뤄져서 봄에 상추부터 마늘, 감자, 완두콩 등 다달이 다양한 채소를 만날 수 있었고, 수확량은 점점 많아져 8월 말엔 절정에 달했다. 특히 여러 종류의 토마토는 하늘에서 뿌리는 듯 많이 열려서 수확을 다 못 할 정도였다. 덕분에 우리는 시간이 갈수록 많은 농산물을 기부할 수 있었다. 기부받은 분들이 환한 얼굴로 채소를 가져가는 모습을 보는 건 정말 뿌듯했다. 마치 우리가 건강을 선물한 것 같았다.

8월 말, 뜨거운 햇빛 아래 또 한번 노동하는 토요일을 보내고 다음 주는 쉬어야지 생각하며 농장을 떠나려는데 농장의 감독이

신 할아버지가 다음 주에는 새로운 씨앗을 심으니 꼭 나오라고 하셨다. 9월이 오면 가을이 시작되는 것이고, 그럼 곧 가을걷이가 있을 테니 올해 노동은 드디어 끝나는 것인가 내심 기대했던 나는 깜짝 놀랐다. 새로운 씨앗이라니, 이건 무슨 말인가? 가을이면 추수하고 쉬는 것이 아니었나? 나는 어릴 때 농촌에서 살았지만 농사와는 무관하게 자라서 사실 지금 미국에서 짓는 농사가 평생 첫 농사다. 하지만 식물학을 공부했으니 농사를 해보지는 않았어도 잘 이해하고 있다는 자신감이 있었다. 그러나 조금만 생각해보면 가을에 심는 양파, 배추, 무 등을 떠올릴 수 있고, 야생식물의 생활사를 생각해봐도 가을에 새로운 씨앗을 심는 건 놀랄 일이 아니다. 순간 나는 정말 농사를 책으로만 배웠구나, 한탄했다.

가을에 씨앗을 심는 건 식물 입장에서 자연스러운 것이다. 우리는 꽃을 키울 때 봄에 씨앗을 심으라고 흔히 배우지만 많은 식물이 가을에 열매를 맺고 씨앗을 땅에 떨어뜨린다. 다르게 말하면 많은 식물이 가을에 씨앗을 심고 있다는 얘기다. 봄에 한꺼번에 새싹이 나니 마치 봄에 씨앗을 뿌린 것 같지만 말이다. 더 정확하게 말하면 식물들은 야생에서 여러 시기에 씨앗을 땅에 심는다. 초봄에 꽃을 피우고 금방 씨앗을 맺는 식물도 있고, 여름이나 늦가을에 씨앗을 떨어뜨리는 식물도, 씨앗을 겨울까지 달고 있다가 떨어뜨리는 식물도 있다. 그중 식물이 열매를 많이 맺는 가을엔 특히 많은 씨앗을 심는 셈이다.

씨앗들은 가을에 날씨가 아무리 따뜻해도 싹을 내지 않고 잠들어 있다. 이것을 씨앗의 휴면이라고 한다. 휴면에서 깨어나기 위해서는 식물마다 다른 방법을 쓴다. 콩알에 계속 물을 뿌리면 콩나물이 되듯 수분은 씨앗을 깨우는 중요한 알람이다. 높은 온도도 그렇다. 그래서 많은 씨앗이 따뜻한 봄에 깨어난다. 씨앗을 틔우는 실험에서 수분과 높은 온도는 식물을 깨우는 방법으로 흔히 사용된다. 그러나 어떤 씨앗은 휴면에서 깨어나는 게 간단하지 않다. 오히려 건조함과 차가운 온도가 필요하다. 여러 알람이 복합되거나 지속되는 시간이 얼마인가도 중요하다. 사계절이 뚜렷한 지역에서는 영하 이하의 추운 겨울을 겪어야만 깨어나는 씨앗들이 있다. 온대지역에서 수집한 난초 씨앗을 발아시키는 실험에서 온갖 방법을 써도 깨어나지 않고 4년 동안 미동도 없었을 때 내가 마지막으로 해본 것이 냉동실에 씨앗을 넣는 것이었다. 그래도 그 씨앗은 깨어나지 않았다. 실험실에서 20년 가까이 성공한 사례가 없었으니 놀랄 일은 아니었다. 하지만 우리 인간이 어떤 식물의 경우 잠을 깨우는 방법조차 모른다는 좌절감은 컸다.

그런 실험의 실패를 맛보고 반성했는데 9월에 씨앗을 심는다고 놀라다니. 농사도 실험과 다르지 않은데 말이다. 식물을 키울 땐 우리가 식물의 법칙을 알고 맞춰야 한다. 식물의 성장, 식물의 노동이 멈추지 않는다면 농사를 짓는 인간의 노동도 끝날 수 없다. 자연의 순환은 저절로 이루어지는 것 같지만 우리가 그 정교한 순환에 뛰어들고 보면 간단한 건 하나도 없다는 걸 깨닫게 된다. 노동이라 생각했던 농사는 이제 내겐 큰 식물 실험이 되었다. 그리고 그 실험이 쉬이 끝나지 않을 것이라는 걸 알지만 이제 그리 놀랍거나 힘들게 느껴지지 않는다.

저 멀리 파우파우밭 너머

언젠가부터 직업이 뭐냐는 질문을 받으면 가끔 여행자라 답하기도 한다. 식물이 사는 곳을 찾아가다 보니 자주 여행하게 되었고 그렇게 시작된 여행은 어느새 내 인생에 큰 영향을 주고 있기 때문이다. 여행 자체가 인생이 되어버렸다는 느낌이 들 때가 있다. 그럴 땐 넓은 정원이 있는 예쁜 집으로 돌아가고 싶다는 생각이 든다. 그런 집을 가지고 있지도 않으면서 말이다. 아침에 눈을 떴을 때 낯선 곳에 있다는 걸 알게 되면 짧은 순간이지만 허망하다. 그렇다고 당장 한국에 돌아가거나 평생 살 집을 구해야겠다고 생각하는 건 아니다. 그냥 순간적으로 길을 잃었다, 세상에 혼자 남겨졌다는 느낌이 들어 쓸쓸하다.

미국 민요 중 〈The Paw-Paw Patch〉(파우파우밭)라는 노래가 있다. 처음 연구소 숲속에 갔을 때 선임연구관님이 불러주셨던 노래다. 'Where, oh where is dear little Nellie? Way down yonder in the pawpaw patch(어디에, 오, 사랑스러운 넬리는 어디에 있어? 저 멀리 파우파우밭에)'라는 짧은 문장이 반복되는데 재미로 '넬리'라는 이름 대신 다른 사람의 이름을 넣어 부를 수 있다. 이 민요를 처음

들었을 때 오래전에 이곳에 살던 사람들을 상상했다. 이곳에서 태어나 부모에게 노래를 배우고, 노랫말 속에 자신과 가족, 친구들의 이름을 넣어 흥얼거리며, 이곳에서 평생을 살다 간 사람들 말이다. 그리고 내가 이곳에서 아침에 눈을 떴을 때 느끼는 쓸쓸함은 이런 노래 때문일지도 모르겠다는 생각이 들었다. 오랜 시간 다른 인종, 다른 문화, 다른 역사가 만들어내어 뿌리박혀 있는 것, 함께할 수는 있어도 내 것이라 느껴지지 않는 것들 때문에. 아무리 시간이 흘러도 내게 이 미국 민요가 한국의 〈아리랑〉처럼 느껴질 수는 없는 노릇이니까.

이 노래 덕분에 파우파우, 즉 아시미나 트릴로바$^{Asimina\ triloba}$라는 식물을 처음 알게 되었다. 파우파우는 플로리다를 제외한 미국의 동남부에서 자생하는 나무다. 내가 사는 메릴랜드에서도 숲에 가면 쉽게 만날 수 있다. 미국의 야생 식물 중 먹을 수 있는 가장 큰 열매를 맺다 보니 오랫동안 사람들의 관심을 받아왔다. 그래서 파우파우에 관한 민요까지 있고 파우파우가 자라는 지역에서는 마을이나 강 이름이 파우파우인 경우도 있다. 열매는 초록색 감자 같은 형태인데 익으면 검게 멍이 들기도 하고 껍질을 벗기면 과육이 노란색이다. 신맛이 없이 발효된 바나나 같은 달콤한 맛이 나고 질감이 진득하고 부드럽다. 미국에서도 파우파우 나무를 만날 수 없는 다른 지역 출신들은 이 식물을 잘 모른다. 실험실의 한 동료는 파우파우를 볼 수 없는 미국 서부 출신이었는데 그는 다시 고향으로 돌아가기 전 파우파우 열매를 맛보고 싶어 했다. 하지만 시기가 맞지 않아 결국 열매를 맛보지 못하고 떠났다. 대신 그는 고향인 서부로 돌아갈 때 씨앗을 심어보겠다며 챙겨 갔다.

파우파우 열매를 가르면 적갈색의 윤이 나는 씨앗이 촘촘히 들어 있다. 씨앗은 동글납작하고 바둑돌만큼 크기도 커서 숲속에 떨어져 있으면 쉽게 찾을 수 있다. 씨앗이 예뻐서 연구소 사람들이 간직하고 있는 걸 종종 보았다. 서부로 씨앗을 가져간 동료는 아마도 파우파우를 키워 열매를 맛보긴 어려울 것이다. 파우파우는 싹이 잘 트는 편이지만 싹이 난다고 해도 열매를 만나긴 어렵기 때문이다. 열매를 맺기까지 7, 8년이 걸리고 자가불화합성이 있어서 같은 개체 내에서 수분이 되지 않아 열매를 맺지 않는다. 그는 결국 다시 동부로 돌아와 적절한 시기에 열매를 구하지 않고서는 오래도록 파우파우 열매의 맛을 모를 것이다. 나와 마찬가지로 그에게도 이 식물과 오래된 민요, 이 지역은 자신의 정체성과 이어져 있지 않다. 처음 연구소에서 만났을 때 그는 동부에서 지낸 지 2년이 된 상태였고 서부로 돌아가고 싶어 했다. 연구소에서의 안정적이고 좋은 위치를 버리고 자신이 나고 자란 곳으로 돌아가서 사랑하는 사람과 함께하고 싶다며.

고향을 떠나 서부에서 싹이 난 파우파우는 혼란스러울까? 오늘 문득 이런 이상한 질문이 떠올랐다. 아마도 아침에 깨어 느낀 쓸쓸함 때문일 것이다. 정든 동료가 떠나니 그가 왜 고향으로 돌아가는지, 나는 왜 여기 있는지 잠깐 생각하다 그런 생각을 하게 된 것 같다. 연구소에서 만난 한 외국인 친구는 항상 자신의 나라를 그리워했다. 실제로 두세 달씩 미국과 자신의 나라를 번갈아 살며 2년의 연구 기간 중 절반을 자신의 나라에서 보냈다. 해외에서 꽤 생활한 그녀는 자신이 여행에 맞지 않는다고 느끼며 더는 여행을 하고 싶지 않다고 했다. 그때는 아무런 대꾸를 하지 않았지만 나는 속으로 그녀가 여행을 통해 얻은 게 많았을 것이라고, 오래 여행했기에 이제 여행이 필요하지 않다는 걸 깨달았으리라 생각했다. 오랜 여행으로 인해 자신의 고향과 그곳의 사람들도 더 소중하게 느껴졌을 것이다.

가끔 우리는 길을 잃었다고 느낀다. 때론 내가 결정한 길인데도 말이다. 어떤 길을 가겠다고 다짐하고, 계획하고, 실행할 때 마음가짐 하나만으로 우리는 모험가가 될 수도, 미아가 될 수도 있다. 내가 너무 먼 곳이 아니라 저 멀리 파우파우밭에 간 정도였다면 덜 쓸쓸할까? 쓸쓸함은 덜해도 기쁘진 않을 것 같다. 사랑하는 사람들이 나를 당분간 볼 수 없더라도 저 멀리 보이는 파우파우 밭을 넘어가야 한다. 더 멀리 가면 새로운 식물을 만날 수 있기에. 식물 채집을 하면서 등산로로 다니지 않는 것처럼 나는 당분간 계속 낯선 곳을 여행할 것이다. 내일 아침에 일어나면 길을 잃은 게 아니라 다시 탐험하고 있음을 깨달을 것이다. 파우파우와 이곳 사람들을 알게 되어 느낀 기쁨처럼 새로운 식물과 사람들을 만나길 꿈꾸면서. 그리고 여행의 끝에 그리웠던 사람들에게로 돌아가 내가 보고 느낀 새로운 것을 전하며 기쁨을 나눌 것이다.

자연스럽게 유유히

거의 매주 같은 오솔길을 걸어 어떤 곳에 갔다. 벌써 8개월이 넘었다. 여름에 잎이 무성해도, 비바람에 나뭇가지와 잎이 어지러이 떨어져 있어도 나는 정확히 그곳을 안다. 내가 관찰하고 있는 작은 난초가 자라는 곳을. 그러나 나는 오늘 그곳에 도착했음에도 오솔길을 계속 왔다 갔다 했다. 내가 관찰하던 난초가 감쪽같이 사라져버렸기 때문이다. 3일 전에도 그곳에 가서 난초를 관찰했고 이제 때가 되었으니 3일 뒤에 이곳에 와서 난초의 열매를 채집하면 되겠다고 생각했다. 오늘이 그날이었고 난초는 그 자리에 없었다.

한 달 전에 다우니 래틀스네이크 플랜틴이라는 난초를 그리기 위해 작년 겨울부터 관찰해온 이야기를 글로 썼다. 나는 겨울에 발견한 여러 개체 중 단 하나라도 꽃대가 올라오길 기도했다. 이른 봄에 한 개체에서 꽃대가 올라왔을 때 그건 내게 정말 큰 기쁨이었다. 작은 꽃봉오리부터 갈색 열매가 되기 직전까지 장장 8개월을 관찰했음에도 질리지 않았고 난초를 볼 때마다 내겐 선물 같았다. 그런데 오늘 그 기쁨은 사라져버렸고 나는 마치 선물을 뺏긴 아이처럼 어찌할 줄 몰라 했다. 다우니 래틀스네이크 플랜틴은 북미에서 만나기 어려운 식물은 아니다. 그러나 연구소 캠퍼스에서는 한 촉만 꽃을 피웠기 때문에 내겐 무척 소중한 존재였다. 난초를 가져간 이는 분명 이곳에 사는 흰꼬리사슴이다. 실험을 위해 관찰해온 난초마저도 사슴에게 먹히는 일이 종종 있었다. 흰꼬리사슴은 사냥을 통해 개체수를 줄여야 할 만큼 많고 이 난초를 즐겨 먹는다. 게다가 난초의 꽃대와 잎사귀를 툭툭 끊어 먹은 흔적이 흰꼬리사슴이 범인이라고 적나라하게 내게 알려주고 있었다. 실험실로 돌아와 동료들에게 관찰하던 난초를 사슴에게 뺏겼다고 얘기했다. 집에 돌아와서도 함께 사는 친구들에게 사슴이 난초를 먹어버렸다며 한탄했다. 이 지역의 사슴들은 아무 집이나 들어가 식물을 먹어치우기에 다들 어느 정도의 원한이 있던 터였다. 친구들은 사슴을 향해 험한 말을 섞어가며 나를 위로해주었다. 함께 사는 친구 중 식물 찾기를 좋아하는 한 친구가 열매가 맺힌 난초를 함께 찾으러 가자고 했다. 가까운 숲에 다우니 래틀스네이크 플랜틴이 있다는 정보를 얻었고 우리는 토요일에 그 숲을 탐험하기로 했다.

금요일에 연구소 일을 마치고 집으로 돌아왔는데 갑자기 그 친구가 슬픈 소식이 있다고 했다. 집 목초지에서 키우던 말이 오늘 죽었다는 것이었다. 내가 사는 집은 말을 키울 수 있는 아주 너른 목초지가 있다. 목초지의 울타리를 모두 정비하면 말을 키우는 사람들이 자신의 말을 풀어놓고 키울 수 있는 장소로 제공할 예정이다. 아직은 정비 중이어서 목초지에 맡겨진 말이 한 마리밖에 없었는데, 그 말이 하루아침에 죽은 것이다.

아침마다 주방 창문으로 말을 보는 건 즐거웠다. 말을 키우는 집에 살아본 적이 없어서 근거리에서 매일 말을 볼 수 있는 게 신기했다. 말은 경주용 수컷이었는데 근육이 잘 잡혀 있고 털이 아름다워 무척 건강해 보였다. 아침에 출근하기 전에도 분명 멀쩡하게 말이 서 있는 걸 보았는데 저녁에 죽었다는 소식을 들으니 믿기지 않았다. 이야기를 들어보니 말이 꽤 오래 아팠다고 한다. 나이도 많았고 죽기 직전이었기에 더 아프지 않도록 주인이 수의사를 불러 안락사를 시켰다고 했다. 상황을 듣고 나서야 울타리 아래를 보니 죽은 말이 큰 천으로 덮여 있었다. 말 주인은 할머니셨는데 위로하려 다가가니 돌아선 얼굴이 눈물범벅이었다.

난초를 채집하기로 한 토요일이 되었지만 우리는 그럴 상황이 못 되었다. 죽은 말은 어디론가 실려 갔고 친구는 말 주인을 도와 말이 떠난 자리를 정리해야 했다. 말 주인인 할머니는 거동이 불편해도 말을 아기처럼 지극정성으로 보살폈었다. 아침 일찍 일어나면 항상 창문 너머로 그녀가 말을 돌보는 모습이 보였다. 그녀에게 말을 돌보는 일은 조금 버거워 보였고 가끔은 스스로 힘들다고 얘기했었다. 나와 함께 사는 친구들은 어쩌면 말의 죽음은 그녀가 이제 편안하게 노후를 보낼 수 있는 자연스러운 일이 될지도 모르겠다고 얘기했다. 우리는 그녀와 작별 인사를 나누었다. 나는 그녀가 예전에 살던 해변이 아름다운 플로리다로 돌아간다는 말을 듣고 바닷속 풍경 사진이 있는 카드에 위로의 글을 담아 건넸다. 너른 목초지가 쓸쓸하게 느껴졌지만 어색하진 않았다. 처음부터 말이 없었던 듯 바람에 넘실거리는 풀밭은 자연스러웠다.

난초가 사라져 내가 낙담하고 있었을 때 친구는 혹시 난초가 먹히는 걸 막기 위해 어떤 조치를 하지 않았냐고 물었다. 철망을 씌우거나 울타리를 치는 것처럼 말이다. 문득 나는 왜 8개월이 넘는 시간 동안 초조해하면서도 아무것도 하지 않았을까 자신에게 물었다. 사실 나는 난초가 먹힐 수 있다는 걸 잘 알면서 아무것도 하지 않았다. 그건 자연 속에서 내가 할 일은 아니라고 생각했기 때문이다. 숲속에 철망과 울타리가 있다면 얼마나 이상한 풍경이겠는가. 게다가 처음부터 '내 난초'도 아니었으니 난초를 사슴에게 뺏긴 것도 아니다. 그 사슴이 나보다 더 오랫동안 난초의 열매를 기다려왔는지도 모를 일이다. 나는 친구에게 사람이 가져간 것보다 나으니 괜찮다고 했다. 식물을 조사하러 다니면서 사람이 식물을 가져가버린 걸 여러 번 본 적이 있었다. 차라리

사슴의 배를 불렸으니 되었다.

목초지에 있던 커다란 말이 한순간 죽듯, 오랫동안 내게 기쁨을 선사하던 난초가 사슴에게 먹혀버리듯 우리가 어찌할 수 없는 일들은 갑자기 발생한다. 하는 게 아니라 일어나버리는 것. 행복하다가도 갑자기 슬픈 일이 일어나는 것. 슬프다가도 갑자기 기쁜 일이 일어나는 것. 우리가 할 수 있는 일은 받아들이는 것뿐이다. 예측할 수 없는 갑작스러운 일이었다고 생각하지만 어쩌면 자연의 순리이고 이미 정해진 일이었던 것일 수도 있다. 우리는 어떤 흐름 속을 열심히 헤엄치는 듯하지만 사실 함께 유유히 흘러가고 있는지도 모른다.

콩을 심은 곳에 콩이 난다

7월의 어느 날 친구는 집 뜰에 작은 텃밭을 만들기 시작했다. 친구도 나와 같이 주말에 이미 자원봉사로 농사에 참여하고 있어서 왜 굳이 또 텃밭을 만들려는지 의아했다. 그러나 과학 선생님인 그가 실험 텃밭이라 설명했을 때 흥미가 생겨 함께 하기로 했다.

텃밭의 크기는 탁구대 두 개 정도로 작았으나 농사꾼이 꿈인 그는 농장에서 배운 대로 진지하게 임했다. 풀이 자라는 표면을 걷어내고, 호수를 연결해 관개 시설을 땅 밑에 넣고, 영양분이 풍부한 검은 흙을 뿌렸다. 네 줄로 이랑을 만들고 이랑 하나에 네 개씩 옥수수 씨앗을 심었다. 이 지역에서는 동물 사료를 위한 옥수수밭을 흔하게 볼 수 있다. 끝이 보이지 않는 드넓은 땅에 빽빽하게 심어진 수천, 수만 개의 옥수수에 비해 16개의 씨앗을 심은 우리는 소꿉장난하는 수준이었다. 게다가 씨앗을 심은 날은 이 지역의 모든 옥수수가 사람 키만큼 큰 7월 말이었다. 확신에 찬 친구와 달리 나는 옥수수 씨앗에서 싹이 나서 열매까지 수확할 수 있을지 의문이 들었다. 옥수수 싹이 조금 자라나자 친구는 밭

중간에 호박 모종 두 개를 옮겨 심었고, 옥수수가 두 뼘 정도 자랐을 때는 옥수수와 옥수수 사이에 콩 여덟 개를 심었다. 그는 호박은 땅 위에 퍼져 자라며 열매를 맺을 것이고, 콩은 옥수수보다 늦게 자라 나중에 덩굴이 옥수수 대를 타고 자랄 거라고 설명했다. 이후 밭 한쪽 면 가까이에 토마토 모종을 몇 개 심었다. 차례대로 심고 보니 어느새 8월이었다. 식물들이 조금씩 자리를 잡을 즈음 나는 아마존으로 떠났다.

아마존에서 보낸 기간이 고작 17일이었지만 내 인생에 큰 변화를 가져왔듯 17일 동안 식물의 변화는 그 시간이 절대 짧지 않음을 다시 증명해 보였다. 뙤약볕이 내리쬐는 한여름은 모든 에너지를 식물에게 쏟아부은 듯했다. 옥수수는 이미 내 키를 훌쩍 넘겼고 가장 윗부분엔 먼지떨이처럼 생긴 수꽃차례가 활짝 펼쳐져 있었다. 대 중간중간에는 어린 옥수수 열매가 서너 개씩 열려 있었다. 호박은 이 좁은 땅에서 이렇게까지 쏟아낼 수 있을까 싶을 정도로 땅바닥에 가득했다. 초록색 어린 토마토 열매도 종종 매달려 있었다. 옥수수 수확 후 남은 옥수수 대를 콩의 지지대로 삼으려던 계획과 달리 이미 콩은 정신없이 옥수수를 감고 올라가 있었다. 하나 이상한 건 콩이 그렇게 풍성하게 자랐는데 꽃은 단 하나도 피지 않았다. 꽃봉오리가 날 기미조차 없었다. 그것들은 그냥 푸른 뭉게구름처럼 잎사귀들만 끊임없이 펼쳐내 정글을 만들어놓았다.

여름은 식물뿐 아니라 생동하는 모두에게 매우 바쁜 시간이
다. 하루하루 다르게 성장하는 식물들과 그 사이를 분주히 오가
는 동물들이 사는 숲속처럼 우리 실험실도 자연의 시계에 맞춰
바쁘게 돌아갔다. 피고 지는 난초꽃을 쫓아 선임연구관님과 연
구원들은 현지 조사를 수시로 나갔다. 실험실에는 여름 인턴들
이 와서 각자의 연구와 실험을 시작했다. 나는 17일 동안 자리를
비워 마음이 급했다. 주어진 일들에 하루하루 열심히 임하면서
도 마음이 바쁘니 집중할 수 없어서 선택하거나 판단해야 할 일
들은 계속 미뤄두었다. 나는 이런 비슷한 상황을 경험한 적이 있
다. 석사 때 실험실에 일이 너무 많아 몸이 피곤하니 제대로 된
판단을 하지 못했다. 가끔은 피로를 풀고 편안한 마음과 깨끗한
정신으로 판단하고 미래를 계획해야 하는데 그땐 그걸 몰랐다.

몸이 건강하지 않고 피로하면 내 몸에선 가장 먼저 알레르기
가 올라온다. 여러 병원을 전전하며 다양한 검사를 받고 원인을
찾으려 했지만 어떤 병원에서도 정확한 원인을 알아내지 못했
다. 박사 과정 중 알레르기가 가장 심했던 시기 부모님 집에 내려
가 요양하며 학위를 포기할 뻔한 적이 있다. 그래서 그 이후로 조
금만 알레르기가 생기면 긴장하고 몸을 추슬러야 할 때임을 안
다. 나는 연구소에 양해를 구해 일주일 동안 기숙사에 들어갔다.

내가 지내는 집에 알레르기의 원인이 있을 수도 있고 출퇴근 시간을 줄여 조금이라도 나에게 편안한 상황을 만들고자 했다. 어느새 9월 중순이었다. 일을 줄이고 체력을 보강하려고 저녁마다 캠퍼스를 뛰어다녔다. 가끔 답답한 마음을 풀고자 아무도 없는 곳에서 소리를 질러보기도 했다. "너의 그런 행동 때문에 내가 이렇게 반응한 거야." "넌 내게 다른 걸 기대했나 봐." "난 오해가 생기지 않고 분명한 걸 원해."

캠퍼스를 달리는 동안 최근 다른 이들이 새겨들으라며 전해준 문장들을 떠올렸다. 그들은 왜 내게 그런 말을 했을까. 일주일 뒤 달리기를 마치고 기숙사로 돌아와 책상에 가만히 앉아 라디오를 틀었는데 니나 시몬^{Nina Simone}의 〈Nobody's Fault But Mine〉(누구의 잘못도 아닌 나의 것)이라는 노래가 흘러나왔다. 순간 나는 내가 미룬 선택과 판단으로 나도 모르게 그들에게 피해를 주고 있다는 걸 깨달았다. 며칠 뒤 기숙사 짐을 정리해 집으로 돌아왔다. 그리고 하나씩 하나씩 미뤄둔 것들을 결정해나갔다. 내가 행동하지 않으면 함께하는 사람들이 다음 단계로 나아가지 못한다. 내가 적절하게 행동하지 않고 기대만 크면 다른 결과에 도달한다. 분명하게 결정하지 않으면 함께하는 사람들을 혼란스럽게 한다.

일주일이 조금 지나 집으로 돌아오니 텃밭에는 콩 꽃봉오리가 맺히고 있었다. 우리가 심은 콩 품종은 짧은 낮과 긴 밤이 필요한 단일식물이었다. 즉 하루 중 해가 떠 있는 시간이 짧아야 하는 식물이다. 낮이 긴 한여름엔 꽃을 피우지 않다가 가을에 접어들며 해가 짧아지자 많은 꽃을 피웠다. 그리고 우리가 모든 작물을 수확하고 잡초와 잔해들을 치워 텃밭을 말끔하게 정리한 마지막 날까지 열매는 끊임없이 열렸다. 모든 결과엔 이유가 있다. 이전의 나의 행동과 결정이 지금의 결과를 가져온다. 우리 조상님들이 말씀하셨다. 콩 심은 데 콩 나고, 팥 심은 데 팥 난다고.

10월

October

피지 않는 꽃도 자신의 역할을 잊지 않는다

꽃에 어떤 동물이 찾아오는지 알기 위해서는 어떻게 해야 할까? 실험방법은 단순하다. 그 꽃을 내내 지켜보고 있으면 된다. 이론적으로는 간단한데 실제 실험은 어떨까? 내가 연구하고 있는 실험실에선 이와 관련된 실험을 꽤 오랫동안 진행했고 며칠 전 그 결과가 나왔다. 야생 난초 근처에 오랫동안 카메라를 설치하고 기록된 동영상을 보며 찾아오는 동물을 일일이 확인한 것이다. 난초에 따라 어떤 동물이 오는지, 지역과 밤낮에 따라 어떤 차이가 있는지 알기 위해 미국 동부 곳곳에 많은 카메라를 설치했다. 카메라는 비바람에 떨어지거나 꺼지기도 하고, 24시간 영상을 찍다 보니 건전지는 며칠을 견디지 못했다. 문제가 생기거나 건전지를 갈아야 할 때마다 숲속에 있는 카메라를 찾아가야 했고, 문제없이 영상이 기록되었다 하더라도 엄청난 양의 영상을 확인하는 건 더 막막한 일이었다.

이론은 단순하나 과정은 대장정이었던 이 실험의 결과는 아주 간단했다. 난초마다 찾아온 동물의 수가 색색의 그래프로 완성되었다. 좀 허무하다는 생각도 들었지만 이보다 명료한 결과도 없다. 나는 발표 결과를 들으며 문득 내가 실험해야 할 난초가 동물을 거의 초대하지 않아서 다행이라 생각됐다. 어떤 꽃들은 꽃가루를 옮겨줄 동물을 기다리지 않는다. 그런 꽃들은 대개 꽃이 생겨도 꽃잎을 꾹 다물고 꽃을 피우지 않는다. 어떨 땐 꽃잎조차 만들지 않는다. 이런 꽃들을 폐쇄화라고 한다. 폐쇄화는 곧바로 열매가 되고 씨앗을 맺는다. 폐쇄화는 자신의 꽃가루를 자신의 암술에 옮겨 자가수정을 하는 것이다. 동물의 도움이 필요하지 않으니 꿀이나 화려한 꽃잎처럼 동물의 관심을 끌 방법도 고민하지 않는다. 심지어 꽃잎을 펼치지도 않는 것이다. 폐쇄화를 만드는 식물은 정상적인 꽃도 함께 만든다. 대표적으로 땅콩과 제비꽃이 있는데 이들도 꽃잎을 꾹 닫은 폐쇄화와 활짝 꽃잎을 펼쳐 동물을 기다리는 정상적인 꽃, 두 종류의 꽃을 모두 가진다.

내가 실험하려는 난초는 '어텀 코랄 루트^{Autumn Coral Root, *Corallorhiza odontorhiza*}'라는 영어 이름을 가진 아주 작은 난초다. 한글로 바꾸면 '가을 산호 뿌리'인 셈인데, 이름에서 알 수 있듯 가을에 꽃을 피우고, 땅속줄기가 바닷속 산호를 닮았다. 이 난초는 다른 식물과 구별되는 독특한 특징이 많아 흥미롭다. 광합성을 하지 않아 스스로 에너지를 만들지 않는다. 그래서 잎은 퇴화했고 식물체도 초록색이 아니다. 대신 산호 모양의 뿌리줄기가 땅속 곰팡이들에게서 영양분을 얻는다. 특히 어텀 코랄 루트의 독특한 점은 폐쇄화를 만드는 식물들이 폐쇄화와 정상적인 꽃을 적절히 분배해 만드는 것과 달리 대부분 폐쇄화만 만든다는 점이다. 꽃대에 꽃이 줄줄이 여러 개 달리는데 모두 다 폐쇄화인 경우가 흔하다. 연구소 숲속에는 이 난초의 서식지가 있다. 이 서식지엔 수백 개의 난초가 자라는데 그 많은 꽃이 모두 폐쇄화인 경우도 있다. 10년 넘게 이 서식지를 관찰해온 연구관님께 물어보니 지금까지 활짝 핀 정상적인 꽃의 수는 얼마 되지 않았다고 한다.

나는 봄부터 어텀 코랄 루트에 대한 실험을 계획했고 드디어 채집할 수 있는 가을이 왔다. 5년 전에 이 난초의 모니터링에 참여한 적이 있다. 그래서 예전에 기록해둔 좌표를 확인하고 갈까 잠시 고민했는데 모니터링 때 오랜 시간을 보낸 곳이라 좌표가 없어도 숲에 가면 기억이 날 것 같았다. 서식지와 가까운 곳까지 비포장도로를 따라가다 나무가 덜 우거진 곳에서 길이 없는 숲을 헤치고 들어갔다. 11월을 맞이할 숲은 색도, 생기도 저물어가고 있었다. 그늘진 숲속엔 가을꽃도 보이지 않았고 떨어지는 잎은 쓸쓸함을 더했다. 저녁에 큰 폭풍우가 온다더니 숲속에 들어서자마자 먹구름이 가득해 어두워졌다. 나는 약간 무서운 생각이 들기 시작했다. 그때 저 멀리 우리 실험실에서 꽂아놓은 색색의 작은 깃발이 보였다.

실험실에선 매년 올라오는 난초마다 깃발을 꽂는다. 난초하나하나에 깃발을 꽂는 건 시간이 오래 걸리는 작업이지만 꼭 필요한 작업이다. 왜냐하면 이 난초는 이쑤시개처럼 얇은 줄기에 키가 손가락만큼 작고 꽃은 쌀알보다 더 작기 때문이다. 잎도 없고 초록색도 아니어서 주변에 떨어진 나뭇가지나 낙엽과 함께 있으면 그야말로 숨은그림찾기다. 깃발로 표시해두지 않으면 밟고 지나치기 일쑤다. 나는 깃발을 찾아다니며 폐쇄화가 아닌 꽃이 있는지 살펴보았다. 작은 키에 좁쌀보다 더 작은 꽃 때문에 난초를 만날 때마다 무릎을 꿇고 관찰해야 했다. 꽃이 펴도 다른 꽃들처럼 활짝 피는 게 아니라 폐쇄화보다 조금 벌어지는 정도여서 하나하나 유심히 보아야 한다. 낙엽 속에서 잘 보이지 않는 작은 난초를 찾고, 앉았다 일어나기를 반복하고, 꽃대에서 하나하나 꽃이 피었는지 확인하는 건 고된 일이었다. 나는 넓은 서식지에서 그 많은 꽃을 하나하나 다 살펴본 뒤 알게 되었다. 모두 폐쇄화라는 걸 말이다. 꽃이 핀 건 하나도 없었다.

폐쇄화는 꽃가루를 자신의 암술에 옮기면 되기 때문에 수정이 보장된 셈이다. 그래서 꿀, 꽃잎 등을 만드는 데 많은 에너지를 쓸 필요가 없다. 대신 자신의 유전자만으로 씨앗을 만들어내는 것이니 유전적으로 다양하거나 건강하다고 보긴 힘들다. 그러나 어텀 코랄 루트는 폐쇄화를 고집함에도 넓은 지역에 많은 자손을 퍼뜨리며 잘 살아가고 있다. 자신만의 생존 비법으로 말이다. 나는 두 종류의 꽃을 비교해 그 비밀을 조금이나마 알고 싶었다. 하지만 이번 가을에는 활짝 핀 꽃을 찾지 못했고 결국 폐쇄화와 정상적인 꽃을 비교하는 실험도 포기하게 되었다. 동물이 찾지 않는 꽃이라 다행으로 여겼던 나 자신을 반성하면서. 햇빛 좋은 봄, 여름 동안 잎 한번 내지 않고 가을에 게으르게 꽃을 만들어 그마저도 피워내지 않지만, 꽃은 나와 달리 이번 가을에도 자신의 소임을 모두 마쳤다.

작은 덤불도 누군가에겐 숲이다

　구름은 무거운 물기를 모두 떨어낸 듯 파란 하늘 위로 유유히 흐르고 있었다. 10월이 되자 바람이 자주 불기 시작했다. 며칠 내 숲은 모든 나뭇잎을 털어버리는 가을의 피날레를 보여줄 것이다. 시원한 바람은 여름의 열기와 가득했던 생명체를 모두 데리고 가는 것 같다. 곧 여름을 맞이할 남반구로 생명력을 몰고 가는지도 모른다. 2월에 처음 농장에 왔을 때 무섭게 불어대던 바람이 생각난다. 그 바람은 남은 겨울의 바람이었다. 봄에 저항하듯 겨울바람은 쉬이 물러가지 않았고 위협적인 소리를 내며 나무를 크게 흔들었다. 따뜻한 봄을 찾아오는 철새들은 아직 도착하지 않은 때였다. 그때의 바람에 비하면 지금의 가을바람은 생명체들이 천천히 겨울을 준비하게 하는 다정함이 느껴진다. 농장엔 가을걷이가 막바지에 이르고 시든 작물과 지지대를 치우는 청소도 시작했다. 잡초와 전쟁을 벌였던 여름에 비하면 아주 한가롭다. 농장에서 보이는 강가 위에 햇빛이 반짝이는 게 장관이다. 오래도록 물비늘을 구경하고 있으니 함께 흔들리는 식물들이 눈에 들어온다. 협죽도과에 속하는 밀크위드^{Milkweed, *Asclepias syriaca*}

179

의 한 종이다. 아직 떠나지 않은 씨앗들이 희고 긴 솜털을 휘날리며 물비늘과 어울려 함께 반짝이고 있었다.

이 밀크위드는 높게 자라면 사람 키보다 크고 꼿꼿이 솟는다. 손바닥만 한 잎이 교차로 마주나며 층을 이루다가 꼭대기에 탐스러운 꽃무리를 몇 덩이씩 매단다. 수많은 작은 꽃자루가 한 꽃자루에서 뻗어 나와 구형의 샹들리에 같은 형태가 된다. 작은 꽃자루 끝마다 짙은 분홍색 꽃이 피면 매우 우아하다. 한 개의 꽃무리는 큰 주먹밥처럼 커서 정원에 심는 원예종이라 할 만큼 눈에 띄고 화려하다. 잎과 꽃이 모두 진 가을의 모습은 전혀 다르다. 잎이 다 떨어지면 나무 작대기 같은 줄기만 남는다. 수많은 꽃에 비해 열매는 몇 개만 성숙하는데 우리나라의 박주가리 열매와 똑 닮았다. 울퉁불퉁한 돌기가 있는 통통한 뿔 모양의 열매는 늦여름에 초록색이었다가 가을에 갈색으로 익으면 반으로 갈라진다. 열매 속에서는 희고 긴 솜털을 가진 씨앗들이 쏟아져 나온다. 잎이 없어지고 꼿꼿한 줄기 끝에 열매를 매달고 있을 때는 우리나라 솟대처럼 보인다. 잡초가 우거진 덤불 속에선 유독 눈에 띈다. 기다란 작대기 끝에 참새가 몇 마리 앉아 있는 모습 같기 때문이다.

이 밀크위드는 꽃이 한창일 때는 우리나라 박주가리와 전혀 달라 보이지만 같은 협죽도과, 박주가리속의 식물이다. 열매 모양뿐 아니라 식물체를 자르면 하얀 유액이 나오는 것도 닮았다. 그래서 이 속에 속하는 종들을 흔히 밀크위드라 통틀어 부른다. 우리나라 박주가리는 덩굴이 지고 잎이 약간 세모꼴로 작으며 꽃이 소박하다. 흔히 잡초로 생각되고 이곳의 밀크위드처럼 화려하지 않아 시선을 끌지 못한다. 그런데도 우리나라에서 특별하게 여겨지는 건 박주가리가 가진 독을 먹고 축적시켜 천적을 물리치는 왕나비와의 독특한 관계 때문이다. 이곳의 밀크위드도 같은 원리로 제왕나비에게 중요한 식물이다. 흥미로운 건 제왕나비도 왕나비와 같은 왕나비아족에 속한다는 것이다. 각기 다른 대륙에 사는 나비들이 같은 조상에서 갈라져 떨어져 살지만 같은 조상에서 갈라져 나온 각 식물을 만나 같은 원리를 이용하고 있다.

제왕나비는 독특하게도 철새처럼 이동한다. 그것도 믿기지 않을 만큼 철새처럼 멀리 말이다. 매년 가을에 수백만 마리가 최대 4000킬로미터를 이동하는데 이곳 메릴랜드를 포함한 북미 동부에서 멕시코 중부의 월동지까지 간다. 더 놀라운 건 철새처럼 한 개체가 이동하는 것이 아니라 여러 세대에 걸쳐 이동한다. 한 세대가 부분적으로 이동하고, 다음 세대가 이어서 또 한 부분을 이동하는 식이다. 이들의 놀라운 이동 능력을 알아내기 위해 게놈이 완성되어 관련 유전자도 밝혀졌고 태양을 이용한 생체 나침반을 가진다는 여러 연구가 발표되어 있다. 그렇다고 해도 50~90킬로미터퍼아워로 이동하는 기러기에 비하면 나비가 9킬로미터퍼아워밖에 안 되는 속도로 팔랑팔랑 날아 그 먼 거리를 간다는 것, 그것도 여러 세대에 걸쳐 비행한다는 건 여전히 이해하기 어렵고 놀라울 뿐이다. 밀크위드와 제왕나비를 공부하며 우리나라의 왕나비도 대만까지 이동한다는 걸 알게 되어 또 놀랐다.

제왕나비는 여러 이유로 개체수가 감소하고 있다. 기생충이나 바이러스 때문에, 또는 월동지나 중간 기착지가 사라지거나 그곳의 식물이 사라져서다. 내가 밀크위드에 대해 알게 된 건 우리 농장의 감자밭에서였다. 나는 봄에 이 잡초를 아무도 뽑지 않아 의아했다. 작을 때 어서 제거하면 될 것 같은데 그렇게 깐깐히 농장을 지휘하던 할아버지가 잡초를 내버려두라고 하셨다. 밀크위드는 여름에 감자보다 훨씬 높이 자라 감자밭 한가운데서 덤불을 이루었다. 밀크위드에는 곤충이 많이 몰려든다는 걸 알고 있어서 나는 단순히 우리가 키우는 채소와 과일의 수분을 도와줄 곤충을 불러 모으기 위해서라 생각했다. 한창 꽃이 폈을 때 할아버지는 밀크위드 주위를 날아다니는 제왕나비를 보며 드디어 나에게 이야기를 해주셨다. 특히 보호구역 내에 있는 이 농장과 주변은 제왕나비를 조사하는 곳으로 지정되어 있었다. 메릴랜드에서는 제왕나비의 중간 기착지인 이곳에 밀크위드를 보호하도록 하고 있었다. 나중에 알게 되었는데 농장과 가까운 우리 집에도 친구가 풀을 깎을 때 밀크위드를 남겨두었다. 그리고 이번 가을에 씨앗을 모아두었다. 메릴랜드에서는 야생동물을 위한 지역을 조성할 때 밀크위드 씨앗을 2퍼센트 섞도록 권장한다고 한다.

나비들은 지금 가을바람을 따라 따뜻한 멕시코로 기나긴 여행을 떠났다. 우리는 내년에도 메릴랜드에 올 나비들을 위해 밀크위드를 심을 것이다. 우리에겐 감자 몇 개를 포기하는 작은 덤불이지만 나비들에겐 긴 여행 중 쉬어 갈 큰 숲이니까.

11월

November

같은 식물, 다른 삶

11월을 하루 앞둔 메릴랜드의 숲은 낙엽이 가득하다. 겨울이 가까워지면 옷을 껴입는 우리와 달리 나무는 지니고 있던 잎을 모두 버린다. 깃털 같은 잎들이 사라진 빈 가지는 추워 보이지만 나무가 겨울잠을 자기 위한 준비다. 겨우내 얼어버릴 광합성 기관들을 미련 없이 떠나보내는 것이다. 나는 식물이 사그라지는 계절이 오면 늘 아쉽다. 일부러 초록 잎이 있는 곳에 찾아가기도 한다. 아마 식물학자는 물론이고 식물을 좋아하는 사람 누구나 비슷할 것이다.

식물분류학 실험실에선 주로 봄부터 가을까지 식물 조사를 가기 때문에 누군가 자리를 비우는 경우가 많다. 그러다 겨울이 되면 실험실 사람들이 다 모인다. 나는 그럴 때마다 우리 실험실이 이렇게 북적거리는 곳이었나 싶었다. 처음엔 고된 등산을 쉴 수 있다며 좋아하던 연구원들은 시간이 지날수록 다시 산을 그리워한다. 한 선배는 봄이 다가오면 마음이 들썩여서 실험실에 앉아 있기 힘들다고 했다. 가끔 열대지방 식물을 연구하는 프로젝트가 있으면 겨울에 해외로 식물을 조사하러 가기도 한다. 겨

185

울의 삭막한 풍경 속에 있다가 갑자기 쏟아지는 초록빛을 만나면 어찌나 반가운지. 식물을 연구하는 사람이 식물의 삶에 맞춰 움직이는 건 자연스러운 일이다. 그런데 나는 처음 실험실 생활을 시작했을 때 그게 참 신기했다. 계절에 따라, 지역에 따라 식물을 따라다니는 식물학자들이.

나는 식물이 사라지면 또 쓸쓸해질 걸 알기에 이번 여름에 미리 계획을 세웠다. 메릴랜드에 낙엽이 지면 초록이 무성한 남부로 여행을 떠나기로. 계획한 곳은 텍사스였다. 사실 텍사스에는 오랜 친구가 살고 있어 몇 년 전부터 놀러 오라고 보채던 터였다. 비행기를 타기 전날 친구는 텍사스도 겨울이 가까워 추워졌으니 따뜻한 옷을 잘 챙겨 오라고 했다. 나는 친구 말을 듣고 따뜻하게 옷을 입고 갔다. 공항에 마중 나온 친구는 긴 팔에 겉옷을 껴입고 있었다. 그런데 공항 밖으로 나와보니 내게 텍사스는 너무 따뜻했다. 10년 동안 텍사스에 살아온 친구에게는 추운 날씨였겠지만 메릴랜드에서 온 나에게는 초여름 날씨였다. 차창 밖으로 보이는 식물들도 무척 달랐다. 뜨거운 햇빛 때문인지 나무는 메릴랜드의 나무보다 키가 작았고 무척 억세 보였다.

텍사스에도 도토리를 맺는 참나무가 있어 신기했는데 한국이나 메릴랜드에서 만났던 종과 전혀 달랐다. 잎이 작고 도톰하며 도토리도 작았다. 이 참나무는 가로수와 정원수는 물론 야생으로 산속에도 가득했다. 무더운 날씨를 좋아하는 식물도 많았다. 한번은 친구네 산에 갔다가 참나무류와 측백나무류 사이에서 생뚱맞게 선인장과 야자수가 함께 자라는 걸 보고 기분이 이상했다. 그 산엔 석회가 많았는데 친구는 석회암에 박혀 있던 굴 화석을 곡괭이로 캐서 선물로 주었다. 같은 나라라지만 다른 나라에 온 것 같았다. 메릴랜드에서 텍사스까진 비행기로 4시간이 걸리니 한국에서 자란 내게는 거의 해외여행인 셈이다.

하루는 오스틴 시에 있는 레드 버드 아일^{Red Bud Isle}이라는 작은 공원에 갔다. 한강에 있는 선유도공원처럼 강 중간에 있는 작은 섬을 공원으로 조성한 곳이다. 섬 가장자리를 따라 나 있는 산책길을 걷다 보니 친근한 나무가 보였다. 물가를 좋아하는 낙우송이었다. 메릴랜드에 있는 연구소에도 낙우송이 몇 그루 있는데 텍사스에서도 만나니 반가웠다. 사실 기후가 너무 달라서 비슷하게 보여도 다른 종이겠지 생각했는데 살펴보니 낙우송이 맞았다. 낙우송은 한국 식물이 아니지만 조경수로 흔히 심다 보니 한국에서 쉽게 만날 수 있다. 자라는 모습이나 잎 모양이 낙우송과 닮은 메타세쿼이아도 조경수로 친근한 나무인데 똑같이 한국 식물은 아니다. 나는 어릴 때 그 두 나무의 이름만 보고 메타세쿼이아는 북아메리카, 낙우송은 중국 출신일 거라 짐작했다. 하지만 나중에 알고 보니 그 반대였다. 메타세쿼이아가 중국, 낙우송이

북아메리카 출신이다. 낙우송을 한국에서 조경수로 먼저 만난 탓일까, 나는 미국에서 낙우송을 보면서도 메릴랜드나 텍사스가 낙우송의 원산지일 거라고 꿈에도 생각하지 못했다. 낙우송의 원산지는 정확히 북아메리카의 남동부 지역으로 메릴랜드 위쪽에서 동쪽 해변을 따라 사선으로 내려와 이곳 텍사스 중부지역까지 자생한다. 그러니 나는 정확히 낙우송의 서식처를 따라 비행해 온 것이다.

또 한 가지 신기한 건 낙우송의 단풍이었다. 낙우송은 소나무처럼 침엽수지만 가을에 단풍이 들어 낙엽이 진다. 그래서 낙엽활엽수처럼 여름에는 푸르고 겨울엔 빈 가지가 된다. 겨울잠을 자는 것이다. 메릴랜드를 떠날 때는 적갈색으로 단풍이 든 낙우송을 만났는데 이곳 텍사스의 낙우송은 여전히 초록빛이었다. 날씨가 다르니 당연한데 하루 만에 그 차이를 직접 눈으로 확인하니 새삼 놀라웠다. 둥근 지구를 따라 이동하는 단풍 물결이 눈에 보이는 듯했다. 마치 내가 싱싱한 낙우송 잎을 찾아 여행하는 철새처럼 느껴졌다.

따뜻한 텍사스의 낙우송은 늦게까지 광합성을 하다가 느지막이 겨울잠에 들어간다. 그러다 메릴랜드보다 빨리 찾아온 봄에 부랴부랴 새싹을 틔워 올린다. 텍사스의 낙우송은 메릴랜드에 사는 낙우송보다 무척 부지런한 셈이다. 식물도 우리 인간처럼 같은 종이라도 환경이 달라지면 다른 삶을 산다. 열대지방과 극지방, 사계절이 뚜렷한 온대지방에서 살아가는 인간의 다채로운 삶을 생각하면 같은 종이 환경에 따라 다른 모습으로 살아가는 건 그다지 놀랄 일이 아니다. 다윈은 여러 대륙을 여행하며 종을 발견하고 비교하면서 환경에 따른 종의 적응과 진화를 밝혀냈다. 그 발견은 이미 오래전의 일이다. 그럼에도 불구하고 우리가 다윈의 발자취를 따라가는 것, 자연의 순리를 직접 마주하는 것은 항상 경이롭다.

우리는 다른 생물을 위해 무엇을 하고 있을까

미국에서 추수감사절은 큰 명절이지만 미국에 온 첫해에는 추수감사절에 감흥이 없었다. 한국인인 내겐 여전히 추석이 더 신경 쓰였다. 첫 추수감사절 이후로는 날짜를 무척 신경 쓰게 되었는데 그건 사슴사냥 때문이었다. 사슴사냥은 대개 추수감사절 전후로 시작해 겨우내 이어진다. 사슴사냥 기간이 가까워지면 경고하는 알림을 여기저기서 만나게 된다. 연구소에서도 경고 메일이 여러 번 왔다. 미국이 총기를 허용한다고 하더라도 내가 사는 메릴랜드에서는 미국 남부만큼 자유롭지 않다. 그러나 사슴사냥 기간이 되면 총소리가 자주 들린다. 연구소에서는 캠퍼스의 야생 상태를 유지하기 위해 반려동물을 데려올 수 없고 화학물질도 쓸 수 없게 규제하고 있는데 사슴사냥 기간에는 사냥을 허용한다. 처음 연구소에 도착했을 때 이곳에서 사슴사냥이 이루어진다는 걸 몰랐다. 멀리서 총소리를 몇 번 들었어도 한국인인 나는 그게 총소리라 생각하지 않았다. 그렇게 가까운 곳에서 누군가 총을 쏘고 있다고 상상도 못 했던 거다.

미국에 오기 전에 먼 타향살이가 걱정되어 한국에서 아주 두

툼한 겨울옷을 한 벌 사 왔다. 한국에서는 무척 잘 샀다고 생각했다. 모자에 흰색 털이 보송보송 가득 달렸고 무릎 아래까지 내려와 온몸을 감쌀 수 있는 따뜻한 옷이었다. 밝은 갈색으로 색상도 좋았다. 하지만 숲속에서 사슴을 만나고 곧바로 후회했다. 이곳에 사는 사슴은 흰꼬리사슴이라는 종인데 가죽의 털 색과 꼬리에 난 희고 보송보송한 털이 정확히 내 겨울옷과 똑같았기 때문이다. 사냥꾼이 캠퍼스에 들어오는 날짜가 아니어도 그 옷을 입고 숲에 갈 때마다 두려움에 떨었다. 왜 다른 연구자들이 유독 눈에 띄는 색상의 옷을 입고 숲에 가는지 이해하게 되었다.

연구소로 출퇴근하며 차를 몰고 가다 보면 길가에 죽은 동물이 흔하다. 20분 정도 운전하면 하루에 네다섯 마리는 무조건 보게 된다. 너구리, 그라운드호그, 여우, 청설모 등 다양한데 그중에서도 사슴은 덩치가 크다 보니 깜짝 놀란다. 매우 끔찍하고 슬프다. 사슴사냥 기간이 가까워지면 죽은 사슴이 더 자주 보인다. 사슴들이 사냥꾼을 피해 도로로 뛰쳐 들어왔다가 로드킬을 당하기 때문이다. 이외에도 미국에 살면서 사슴사냥과 관련해 새로운 것들을 알게 되었다. 예를 들면 사슴을 유인하기 위해 사냥꾼이 숲속에 뿌려둔 옥수수와 곡물, 사냥꾼이 숨어서 사슴을 쏘기 위해 나무 위에 지어놓은 오두막, 마트 한쪽에서 팔고 있는 다양한 사냥 도구들, 가끔 국가에서 시행하는 저격수들이 동원된 조직적인 사슴사냥 등이다. 이웃 중 사슴 사냥꾼이 있어 친구가 사슴고기를 받아 온 적이 있다. 궁금해서 한 번 먹었는데 사슴이라는 걸 떠올리지만 않으면 그냥 소고기 같았다. 사냥을 통해 얻은 사슴고기는 어려운 사람들이나 이웃들에게 전해진다.

2018년 처음 연구소에 도착한 날 숲속을 산책하다가 여러 마리의 사슴을 마주해 얼마나 놀랐는지 모른다. 늦여름 무성한 잎사귀 사이를 뛰어다니는 사슴은 정말 아름다웠다. 나는 자연환경이 무척 좋은 곳에 왔다고 생각했다. 그러나 시간이 지나면서 그것이 그리 아름다운 풍경이 아니라는 걸 알게 되었다. 큰 포식자가 없어진 이곳에서 사슴은 모든 식물을 먹어치우는 골칫덩어리다. 사람이 열심히 사냥해 그 개체수를 조절하고 있으나 규칙적으로 동물을 죽여야 하는 이 상황은 끔찍하다. 사람들은 농장과 정원을 망치는 사슴에게 원한이 있고 동물 보호론자들은 사냥을 반대한다. 저격수까지 동원되어야 한다니 꽤 심각한 수준이다. 과연 사슴과 인간은 잘 공존하고 있는 걸까?

중고등학교에서 인간과 자연의 공존, 공생에 대해 배운 적이 있다. 인간과 자연은 서로 도움을 주는 공생 관계에 있다는 내용이었다. 인간은 자연으로부터 자원을 얻고, 자연이 정화하는 환경 속에 살고, 다른 생물에게서 직간접적인 도움을 받는다. 반대로 인간이 자연에 주는 도움도 교과서에 있었는데 그건 잘 와닿지 않았다. 인간과 동물이 서로에게 도움을 주는 예로 꼭 등장하는 건 꿀벌과 범고래다. 인간은 벌을 돌봐주고 벌에게서 꿀을 얻는다. 벌은 자연에서 꽃의 수분을 도와 열매를 생산하게 한다. 호주의 옛 원주민들은 범고래와 협력해 물고기를 사냥하고 그 고기를 범고래와 나누었다. 그런데 이 두 가지는 인간과 동물의 공생에 등장하는 단골 예시였다. 이 예시를 발견할 때마다 다른 예시는 거의 없나 보다 생각했다. 인간이 가축이나 반려동물로 동물을 키우거나 식량이나 자원을 얻기 위해 식물을 키우는 게 예시로 등장할 때도 있긴 했다. 단일 종이더라도 인간의 관리에 의해 개체수를 늘렸으니 동물과 식물에게 도움을 준 셈이라고. 나는 그 논리가 궤변이라고 생각했다. 가축과 작물은 대부분 야생종도 아니고 결국은 인간이 먹고 이용할 것이기 때문이다. 게다가 인간이 가축과 작물을 키우면서 발생시키는 문제점이 더 많다. 작물도 식물이기에 뿜어내는 산소가 자연에 도움이 된다고도 했는데 그런 결과도출도 좀 구차하다는 생각이 들었다. 인간이 욕심껏 행동했다가 우연히 얻게 된 것 같았기 때문이다.

인간과 다른 생물이 서로 도움을 주는 공생 관계냐고 묻는다면 나는 아니라고 생각한다. 권력은 인간 쪽으로 완전히 치우쳐져 있다. 만약 조금이라도 자신의 이익에 다른 생물이 위배된다면 인간은 언제든 제거할 수 있다. 이제는 경험적으로 자연을 해한 후에 일어날 영향을 두려워하긴 하지만 여전히 대책 없는 일은 계속 일어나고 있다. 게다가 일어난 일을 수습할 방법도 없다. 자연은 모두 연결되어 있기 때문이다. 사슴사냥이 근본적으로 문제를 해결하고 있는 게 아닌 것처럼. 매년 미국에서는 600만 마리의 야생 사슴을 죽이고 있다. 이걸 학살이 아니라고 할 수 있을까.

습지에 살던 작은 나무, 크랜베리의 여행

　추석은 미국에서 평일이라 평범한 하루를 보냈다. 한국에 있을 때도 혼자 명절을 보낸 적이 많았고 딱히 특별한 의미를 두지 않았는데 이상하게 미국에서 맞이한 첫 추석은 쓸쓸했다. 추석 음식도 먹고 싶고 아파트에서 혼자 저녁을 먹는 게 처량하게 느껴졌다. 외로운 추석을 보내고 나서 추수감사절에는 혼자 미국 음식이라도 만들자며 추수감사절 대표 음식인 칠면조 구이와 크랜베리소스에 도전해보기로 했다. 그러나 마트에서 만난 칠면조 고기는 사진으로 본 것보다 거대해서 그만 포기하고 말았다. 대신 크랜베리만 사서 집으로 돌아왔다. 계획한 메뉴에서 소스만 만든다니 주인공이 빠진 이상한 상황이었지만 한국에서 냉동이나 건조 크랜베리만 보다가 빨갛고 신선한 생 크랜베리를 보니 사지 않을 수 없었다. 게다가 들뜬 표정으로 하나씩 집어 가는 사람들에 휩쓸린 탓도 있었다. 크랜베리는 달콤해 보이는 붉은빛과 달리 너무 시고 쓸쓸해 생으로 먹을 수 없었다. 많은 양의 설탕이 들어가는 데다 실수로 오래 졸여버린 크랜베리소스는 상상했던 대로 잼이 되어버렸다. 빵에 발라 먹으며 왜 짭짤하지도 않은데 소스라 부르는 건지, 이렇게 단 걸 정말 칠면조 고기랑 먹는지 궁금해하며 첫 번째 추수감사절이 지나갔다.

두 번째 추수감사절이 다가왔을 땐 실패한 크랜베리소스를 추억하는 것 외엔 특별할 게 없는, 한국인인 나와 상관없는 명절이라는 생각에 아무런 기대가 없었다. 그런데 함께 사는 집주인 할머니가 자신의 가족 파티에 함께 가지 않겠냐고 물어보셨다. 나는 얼떨결에 14명이 모이는 대가족 파티에 따라가게 되었다. 어렸을 때 이후로 대가족 모임도, 게다가 다른 사람의 가족 모임도 처음이었다. 우리나라 추석처럼 손수 만든 음식이 푸짐하게 나왔다. 사진으로만 봤던 칠면조 구이, 그레이비소스, 껍질콩, 으깬 감자, 설탕을 넣은 고구마 요리, 달콤한 파이 등 식탁 위엔 추수감사절 음식이 가득 놓여 있었다. 내게 의문만 남겨주었던 진짜 크랜베리소스도 말이다. 나는 칠면조 고기 조각에 으깬 감자와 그레이비소스, 거기에 크랜베리소스를 얹어 먹으며 너무 맛있어 저절로 고개가 끄덕여졌다.

크랜베리소스는 유럽에서 크리스마스 음식으로 알려져 있다. 그에 반해 미국과 캐나다에서는 추수감사절에 먹는다. 북미 대륙에 정착한 유럽 이민자들에게 특별한 의미가 있기 때문이다. 이민자들은 초기에 새로운 환경에 잘 적응하지 못했고 굶주렸다. 그때 크랜베리는 원주민들이 알려준 생존을 위한 열매였다고 한다. 야생에서 자라나 원주민과 야생 동물을 먹여 살리던 크랜베리는 새로 정착한 이민자들도 먹여 살리기 시작했다. 이후 크랜베리는 농장에서 키워져 많은 이들이 추수감사절에 손쉽게 맛볼 수 있게 되었고 지금은 북미의 중요한 현금 작물로 전 세계로 수출된다.

크랜베리라 통틀어 부르지만 사실 크랜베리를 생산하는 식물에는 세 종이 있다. 북미에서 가장 많이 재배되는 종은 아메리칸 크랜베리*Vaccinium macrocarpon*다. 한국에서 크랜베리를 사면 대부분 북미 원산인데 바로 이 종이다. 그런데 한반도에도 야생 크랜베리가 자란다. 한국 이름은 넌출월귤*Vaccinium oxycoccus*로, 한반도 북쪽을 포함하여 북반구 서늘한 지역에서 자라는데 세 종 중 세계적으로 가장 널리 분포한다. 넌출월귤이 일반적인 크랜베리다. 나머지는 넌출월귤과 많이 닮은 작은 크랜베리*Vaccinium microcarpum*라 불리는 종이다. 야생 크랜베리는 발목 정도의 키를 가진 작은 나무로 주로 습지에서 자란다. 크랜베리 덤불은 이끼나 지의류와 섞여 다양한 색상의 초록 양탄자를 이루고 그 사이사이에 붉고 영롱한 열매가 구슬같이 달린다. 누군가 초록 덤불을 장식해놓은 것 같다. 그래서인지 크리스마스에 가족들이 크랜베리 열매를 실에 꿰어 트리를 꾸미기도 한다. 크랜베리의 크랜(cran-)은 머리에 빨갛고 둥근 문양이 있는 목이 긴 두루미의 영명 크래인(crane)

에서 왔다. 가는 꽃줄기가 솟아오르다 고개를 숙인 두루미처럼 땅을 보며 꽃이 피기 때문이다. 꽃잎은 뒤로 젖혀지고 수술과 암술이 두루미의 주둥이처럼 뾰족하게 나온 모습이 한 마리의 새처럼 고고해 보인다. 꽃이 지면 열매가 그 섬세하고 꼬부라진 줄기 끝에 대롱대롱 달린다.

크랜베리를 들어보면 생각보다 가볍고 씻을 때 물에 동동 뜨는 걸 알 수 있다. 가로로 자르면 네 개의 공기주머니를 관찰할 수 있는데 그곳에 질소, 이산화탄소, 산소와 같은 기체가 섞여 들어 있다. 습지에 사는 크랜베리는 열매 속 공기주머니를 이용해 물을 따라 흘러가 씨앗을 퍼뜨릴 수 있다. 덕분에 크랜베리소스를 끓일 때 톡톡 소리를 내며 공기주머니가 터지는 모습을 구경할 수 있다. 물을 이용해 씨앗을 퍼뜨리는 대표적 식물 중 하나인 코코넛은 코르크 같은 가벼운 열매껍질을 이용해 물에 뜬다. 코코넛 열매가 나무로 만든 배 같다면 크랜베리 열매는 직접 공기를 주입한 튜브인 셈이다.

크랜베리는 키가 작고 열매가 잘아 수확을 위해 많은 노동이 필요했다. 옛 사진들을 보면 어린이도 크랜베리 농장에 노동력으로 동원된 모습을 쉽게 발견할 수 있다. 그러나 지금은 크랜베리가 가진 부력을 이용해 대량의 열매를 손쉽게 수확한다. 습지에 물을 채워 부력으로 인해 열매가 저절로 떨어지고 물 위에 뜨면 한꺼번에 건져내는 것이다. 물에 떠 여행을 떠나는 크랜베리의 생태를 이해한 슬기로운 방법이다. 서늘한 숲속에서 옹기종기 덤불을 이루며 방울방울 작은 열매를 맺던 크랜베리는 자신의 미래를 알았을까? 공기주머니를 네 개나 장착하고 떠날 준비를 마친 걸 보면 자신의 미래를 예상한 듯도 하다. 사람을 살렸던 이 키 작은 나무는 이제 사람의 손을 거쳐 자신의 영역을 넓히고 전 세계로 뻗어나가고 있다.

과학 이어달리기

식물 채집을 하면서 만난 다양한 버섯은 늘 호기심을 불러일으켰다. 학부 때 일반생물학 수업에서 곰팡이를 공부하긴 했으나 기초적인 내용이었고 아쉽게도 내가 다닌 대학에는 균학 수업이 없었다. 박사후연구원이 되어서야 지금의 연구소에 와서 곰팡이를 연구하게 되니 매번 신기하고 놀라운 것투성이다. 6년 전 처음 실험실에 도착했을 땐 곰팡이에 대한 지식이 너무 부족했다. 실험실의 자랑인 난초 곰팡이 은행을 보고도 그게 은행인지 알지 못했을 정도다. 은행은 표본실과 비슷하게 특정 생물 시료를 모은 컬렉션을 얘기한다. 예전 실험실에는 DNA 은행이 있었고 몇 번 종자 은행을 방문한 적이 있어서 곰팡이 은행도 비슷한 형태일 거라 예상했다. DNA는 살아 있는 생물이 아니기 때문에 액체 상태로 작은 튜브에 담겨 영하 80도의 극저온에 보관되어 있다. 종자 은행은 씨앗이 싹을 틔우지 않게 휴면을 유도하면서도 냉해를 입지 않도록 최저 영하 20도의 온도에 보관한다. 그래서 막연히 우리 실험실의 곰팡이도 냉동고에 있으리라 생각했다.

나는 난초 곰팡이들이 상온의 실험실 캐비닛에 보관된 걸 보고 깜짝 놀랐다. DNA나 씨앗과 달리 곰팡이는 성장하고 있기에 우리는 그것들이 죽지 않고 끊임없이 먹고 자랄 수 있도록 도와주어야 한다. 각 용기에는 젤리 같은 영양 배지가 있고 그 위에 솜털 같은 곰팡이가 피어 있다. 이 컬렉션을 유지하기 위해서는 몇 가지 어려움이 있는데 가장 큰 문제는 6개월, 늦어도 1, 2년마다 새로운 영양 배지가 있는 용기로 곰팡이를 옮겨줘야 하는 일이다. 곰팡이가 영양분을 다 먹을 때쯤 굶어 죽지 않도록 하는 것이다. 각 용기에는 단 한 종류의 곰팡이만 자라고 있으며 완전하게 밀봉되어 있다. 이것을 그냥 연다면 공기 중에 돌아다니는 수많은 다른 곰팡이와 박테리아가 침범할 것이다. 이들로부터 곰팡이가 오염되지 않게 하면서 새로운 용기로 옮기는 작업은 꽤 까다롭다. 게다가 많은 컬렉션을 옮겨야 하니 시간도 오래 소요되고 다량의 새로운 영양 배지와 용기를 구매하는 비용도 발생한다. 무엇보다 그것을 옮길 숙련된 노동력이 필요하다. 이런 문제를 안고 있지만 '곰팡이 대이동'은 필수적으로 수행해야 할 실험실의 연례행사다.

연구소에 처음 도착했을 때 곰팡이 은행 관리와 실험을 총괄하던 연구원이 막 퇴직한 상태였다. 인력이 부족한 상황이라 선임연구관님은 내게 은행의 곰팡이들을 새로운 용기로 옮기는 작업을 해줄 수 있냐고 물으셨다. 나는 새로운 분야를 배우러 온 터라 모든 실험과 분석을 배우고 단련하고 싶어 흔쾌히 수락했다. 매일 아침 9시부터 저녁 6시까지 실험을 진행했다. 실험 전 모든 실험 용기를 고온·고압으로 소독하고, 알코올로 내 손과 팔, 실험을 수행하는 후드도 소독했다. 알코올램프로 핀셋과 실험용 숟가락을 불로 가열해 소독해가면서 곰팡이가 오염되지 않도록 최선을 다했다. 그러나 매번 완전히 확신할 수는 없었다. 나는 곰팡이를 다루는 실험이 처음이었고 곰팡이나 박테리아로 인한 오염은 당장 눈에 보이지 않아 확인할 길이 없었기 때문이다. 게다가 기존 곰팡이 용기를 열 때는 그것마저 오염되지 않을까 걱정됐다. 실험실에 중요한 일인데 위험부담이 너무 크다고 생각되었고 이 곰팡이 은행이 안고 있는 문제가 해결되어야 한다고 절실히 느꼈다.

냉장실 혹은 냉동실에 곰팡이를 장기간 보관하는 사례들이 보고되어 있다. 적정한 낮은 온도로 곰팡이가 죽지 않으면서도 매우 느린 속도로 성장하게 해 오랜 시간 보관하는 방법이다. 그 방법은 글리세롤, 플라스틱 빨대, 펄라이트, 숯, 특수하게 제작된 작은 구슬 등 다양하다. 선임연구관님들은 오랫동안 은행의 문제를 해결하길 원하셨고 이론적으로는 이런 해결 방법들을 알고 계셨다. 그러나 늘 우리 실험실에는 우선으로 수행해야 할 다른 실험과 프로젝트가 밀려들다 보니 실험이 거의 시도되지 않았다. 단 두 명의 인턴이 2017년과 2020년에 소수의 곰팡이로 실험했다. 첫 번째 인턴이 몇 개의 곰팡이를 대상으로 기초적인 시도를 했고 그것에 힌트를 얻어 두 번째 인턴이 곰팡이 수와 방법을 늘려 실험했다. 두 번째 인턴의 실험은 퇴직한 연구원의 도움으로 꽤 잘 계획된 실험이었다. 그런데 이 인턴은 석사 입학을 위해 서둘러 실험실을 떠나는 상황에서 실험을 진행했고 실온에서 곰팡이가 충분히 자라는 걸 기다리지 못하고 곰팡이를 영하 80도의 냉동고에 넣어버렸다. 곰팡이가 냉동고로 보내지기 전 실온에서도 자라는지 확인해야 했다. 왜냐하면 해동 후에도 자라지 않을 때 그것이 냉동 때문인지 아닌지 확인한 길이 없기 때문이다. 대조군이 없는 실험인 셈이다. 빨리 자라는 곰팡이는 실온에서 자랐고 일부는 자라지 않은 채로 영하 80도의 냉동고에 보관되었다. 그리고 그것은 어느새 잊혔다.

나는 한국으로 돌아가기 전 우리 실험실의 숙원을 풀고 싶었다. 그래서 두 번째 인턴이 곰팡이를 냉동고에 넣은 지 4년이 지난 뒤 냉동고를 열어보게 되었다. 곰팡이를 해동한 뒤 실온의 영양 배지에 옮기고 관찰했다. 종에 따라 3일, 일주일, 혹은 한 달 뒤 곰팡이들은 문제없이 자라났다. 물론 전혀 자라지 않는 곰팡이도 다수였지만 4년 동안 영하 80도에 있어도 난초 곰팡이가 살아 있다는 건 놀랍고 기쁜 소식이었다. 나는 당장 실험실 사람들에게 이 사실을 알렸다. 이 결과를 기반으로 현재 대규모 실험을 계획하고 있다. 마침 최근에 인도네시아에서 온 방문과학자가 이 실험과 관련된 중요한 경험을 들려주었다. 나는 1년, 3년, 5년 뒤에도 실험실로 돌아와 곰팡이를 확인할 계획이다. 만약 내가 예상치 못한 장애물과 결과를 만나서 이 문제를 결국 해결하지 못하더라도 분명 흥미로운 힌트를 남길 것이다. 그리고 누군가 이어서 발전시킬 것이다. 완전한 결론에 다다르기까지 모든 과학이 그렇게 축적되어온 것처럼.

이제는 끝내야 할 때

모든 만남에는 끝이 있고 그 만남의 시간은 각기 다르다. 어떤 사람과는 눈인사만 나눈 뒤 평생 만날 수 없고 어떤 사람과는 몇십 년을 함께했음에도 결국 헤어진다. 가끔은 헤어짐이 서로에게 건강하다는 걸 알면서도 미련하게 시간을 끌기도 하고, 헤어질 시기가 아닌데도 사소한 실수나 상황으로 평생 다시 만나지 못한다. 헤어짐이 너무 아팠을 때 이런 생각을 한 적이 있다. 내가 식물이라면 덜 아플까? 작은 동물이라면, 아주 조그만 곤충이라면 덜 아플까? 인간은 식물처럼 한자리에 있지 않고 이동하기 때문에, 작고 느린 곤충처럼 좁은 지역만 배회하지 않기 때문에 만남과 헤어짐이 더 많은 것일까? 만남의 기쁨이 많았다면 당연히 헤어짐의 슬픔도 많을 것임을 각오해야 할 것이다.

나는 식물학 연구를 위해 여러 나라를 여행하며 행복한 만남을 많이 가졌고 그곳에 정착할 생각이 없었기에 그 횟수만큼 헤어져야 했다. 사실 그런 물리적인 문제만 있다면 헤어지지 않을 방법도 있다. 함께 정착하거나 함께 여행하면 되니까. 게다가 지금은 소통을 위한 다양한 기술이 있으니 언제든 안부를 묻고 다시 만날 수도 있다. 그보다는 헤어져야 함을 아는데도 헤어지지 않아서, 혹은 헤어지지 못해 더 아플 때가 있다. 예를 들면 나를 사랑하지 않는 사람과 헤어지지 못하는 미련한 순간들 말이다. 내가 존중받고 사랑받을 자격이 있다는 것조차 잊어버릴 만큼 바보같이. 마음을 깊이 들여다보면 이제는 끝낼 때임을 알고 있다. 최근에 그런 관계를 하나씩 정리해나갔다. 몇 달이 걸렸고 매우 아픈 시간이었다. 만남이 오래되었던 사람과는 헤어짐이 정말 힘들었다.

실험실에 아무렇지 않게 매일 출근했지만 속으로 삭여 그런지 온몸이 아팠다. 글을 읽으니 눈에 잘 들어오지 않아서 현미경 보는 작업을 했다. 난초를 하나씩 분해하며 오랜 시간을 보냈으나 내내 머릿속은 복잡했다. 작은 난초의 꽃을 꽃잎부터 미세한 꽃가루까지 하나씩 잘라내 관찰하고 잎과 줄기 순으로 이어갔다. 마지막에는 뿌리를 관찰했는데 날카로운 면도날로 뿌리를 저미며 그 단면을 통해 세포를 하나씩 살펴보았다. 맑은 액체가 보이는 영롱한 세포도 있었고 하얀 덩어리로 가득 찬 세포도 있었다. 그보다 약간 짙은 색상의 덩어리가 세포 안에 헐겁게 자리잡고 있기도 했다. 영롱한 세포는 평범한 뿌리 세포다. 하얀 덩어리는 전분으로, 난초가 영양분으로 저장해둔 것이다. 약간 짙은 색상의 덩어리는 뿌리 세포에 들어가 있는 곰팡이 덩어리다. 이 곰팡이 덩어리를 펠로톤^{peloton}이라고 부르는데, 실 같은 곰팡이 균사가 난초 세포를 뚫고 들어가 세포 안에서 돌돌 꼬여 덩어리를 형성한 것이다. 이것을 통해 난초와 곰팡이는 공생하며 영양분을 주고받는다. 살아 있는 세포 속으로 또 다른 살아 있는 생물의 조직이 침투해 서로 영양분을 주고받게 되는 과정은 역동적이다. 전체적인 형태가 변형되고 세포 소기관들의 형태와 수도 변한다. DNA 함량과 유전자의 발현도 달라진다. 잘 보이지도 않는 미세한 세포 하나에서 일어나는 그 과정이 너무 복잡해서 경이롭다. 어떻게 두 종은 서로를 이해하고 그에 맞춰 자신을 변형시키도록 진화해 완벽한 공존을 만들어낼까?

나는 현미경으로 세포 하나하나를 살펴보면서 곰팡이 균사가 난초 세포로 들어가 공존하게 되기까지의 긴 여정을 떠올려보았다. 그러면서 최근에 너무도 아프게 끝난 만남을 생각했다. 그 관계들은 각각 어땠기에 고통스러웠고 헤어져야만 했을까. 난초와 곰팡이처럼 세심하게 서로를 조율하고, 대담하게 자신을 변형시키고, 적응할 때까지 진화할 수 있는 충분한 시간을 가지지 않아서일까? 펠로톤은 난초의 일생을 함께하지는 않는다. 30~40시간이 지나면 분해되어 사라진다. 그렇게 정성 들여 복잡한 과정을 통해 최고의 공존 상태를 만들어놓고도 만남은 매우 짧은 것이다. 사람의 만남과 견주어볼 때 펠로톤이 사라지는 과정은 매우 인상적이다. 펠로톤은 살아 있을 때도 질소와 탄소를 난초에게 전해주지만 사라지기 직전에 팽창한 뒤 분해될 때 많은 양의 질소와 탄소를 한꺼번에 난초에게 준다. 자신의 세포를 죽이면서 영양소를 전달하는 것도 희생적이지만 죽기 직전에 더 많은 영양소를 주는 건 더 희생적이다.

헤어져야 함을 잘 알면서도 그것을 붙잡고 있는 건 나의 욕심과 연결되어 있다는 걸 깨달았다. 상대방이 가진 무언가를 놓고 싶지 않기 때문이다. 나를 존중하지 않고 사랑하지 않는 상대방을 탓하기 쉽지만 사실 그가 나를 사랑할 이유는 없다. 사랑했지만 이제는 사랑하지 않을 수 있고 처음부터 사랑하지 않았을 수도 있다. 그가 무심하다고 느껴 상처받고 있을 때 그는 내게 상처를 주는지조차 모를 수 있다. 그런 만남이라면 나는 나를 보호하기 위해 헤어져야 한다. 건강한 만남도 소중하지만 건강한 헤어짐도 소중하다.

태어난 생물은 모두 언제가 죽기에 헤어지고 나서 평생 다시 볼 수 없을 때 그건 매우 슬픈 일이다. 그렇지만 서로가 공존할 필요가 없고, 서로에게 영양분도 주지 못하며, 서로 성장할 수 없다면 오히려 만남은 소모적일 수 있다. 난초의 뿌리로 들어가는 곰팡이 중에는 병원성 곰팡이도 많다. 어떤 만남은 일방적으로 해를 줄 뿐이다. 펠로톤은 온전히 난초의 세포 속에 있다가 그 속에서 사라진다. 난초에게 불필요하거나 해를 주는 걸 남기지 않고 깨끗하게 말이다. 오히려 헤어지기 전에 자신이 할 수 있는 최대한의 것을 주면서. 나의 헤어짐은, 내가 그들에게서 사라짐은 그들에게 어떤 의미로 남았을까? 나는 그들을 평생 다시 만날 수 없어서, 또는 헤어져야 함에도 사랑받고 싶은 희망을 완전히 버리지 못해서 여전히 많이 아프다. 만약 최선을 다했고, 아낌없이 주었고, 끝에 완전하고 깨끗하게 사라질 수 있었다면 이 헤어짐이 덜 아팠을지도 모르겠다.

일곱 개의 언어

올해 추수감사절이 다가오면서 연구소도 들뜬 분위기다. 과학자들은 실험과 논문 일정에 따라 움직이기 때문에 연휴에도 일하는 경우가 많다. 하지만 다른 연휴와 달리 추수감사절부터 크리스마스, 새해까지 이어지는 긴 연휴는 모두 기다려지는 모양이다. 홀로 미국에 온 외국인에게는 가장 쓸쓸한 시간이기도 하다. 감사하게도 올해는 고민할 새도 없이 추수감사절이 시작되기 한참 전부터 몇 사람이 나를 초대해주었다. 그중 다른 실험실의 선임연구관님이 연구소에서 혼자 지내는 외국인을 여럿 초대하셨는데 나는 그곳에 가기로 했다. 작년에 집주인 할머니 집에서 전형적인 미국의 추수감사절을 경험했기에 이번엔 좀 새로운 경험을 해보고 싶었다.

나를 초대해준 연구관님은 해양생물학자로 독일인이었는데 칠레의 대학에서 오랜 기간 교수로 지냈다. 그의 부인은 미국 국적이지만 중국인이었다. 그리고 연구소의 여러 외국인 과학자가 모일 테니 이번 추수감사절은 국제적 행사가 될 것 같았다. 게다가 대부분 모국을 떠나 다른 나라에서 지낸 경험이 있는 사람들이었다. 우리는 초대의 답례로 음식을 하나씩 준비해 갔다. 나는 함께 사는 친구들에게 먹여본 몇 가지 한국 음식 중 가장 인기가 있었던 잡채를 만들어 가져갔다. 연구관님 댁에 도착해 상 위에 잡채를 놓으려고 보니 세계 음식 축제였다. 과테말라인, 독일인, 미국인, 브라질인, 인도네시아인, 중국인, 필리핀인, 한국인이 만든 자국의 음식들이 있었다.

여러 나라의 사람들이 모이니 하나의 주제로도 다른 반응이 나왔다. 예를 들어 연구관님 댁에는 특이하게도 파파야 나무가 많았는데 파파야를 알아볼 수 있는 사람과 아닌 사람이 있어 웃음을 자아냈다. 연구소 과학자 중에서 내가 가장 먼저 도착했는데 나는 유일한 식물분류학 전공자였다. 한국에 파파야가 자라지 않지만 나는 즉시 파파야를 알아보았다. 그러나 이곳에 파파야가 있을 리 없다는 생각에 계속 관찰했다. 온대지방인 워싱턴 DC에서 관상용 식물도 아닌 파파야 나무가 자라고 있다니. 게다가 파파야 나무는 빠르게 자라나 사람 키를 훌쩍 넘기 때문에 실내에서 키우기에 적합하지도 않다. 거실 소파 뒤에는 파파야 나무가 자라는 화분이 가득했다. 나는 연구관님께 왜 파파야를 키우냐고 물어보았다. 연구관님은 내가 파파야를 알아본 데 깜짝 놀라며 파파야를 키우게 된 이야기를 들려주셨다.

연구관님은 집 뒤쪽 작은 정원에서 채소 자투리나 과일 껍질을 모아 거름을 만들어 쓰셨다. 오크라를 키우고 싶어 씨앗을 심으면서 자신이 만든 거름을 주었다. 싹이 많이 나서 하나씩 화분에 옮겨 심었고 그것들은 빠르게 자라나 꽃봉오리를 맺었다. 오크라는 열매가 초록색일 때 먹는 채소인데 같은 아욱과에 속하는 무궁화나 접시꽃을 닮은 크고 우아한 꽃이 핀다. 꽃색은 연한 노란색이다. 그런데 피어난 꽃은 엄지손가락만 하고 색도 하얀색이었다. 그는 식물 사진을 찍으면 이름을 찾아주는 앱을 통해 그것이 오크라가 아니라 파파야라는 걸 알게 되었다. 그리고 예전에 파파야를 먹고 거름통에 껍질과 씨앗을 버렸던 기억을 떠올렸다.

내가 도착한 이후로 연구소의 과학자들이 한 사람씩 도착했는데 그들은 대부분 해양 생물학자로 식물을 잘 몰랐다. 하지만 그들 중 열대지방 출신은 모두 보자마자 파파야를 알아보았다. 한 사람씩 도착할 때마다 파파야를 알아볼 수 있는지 아닌지를 살펴보는 건 재미있었다. 파파야에 관한 추억도 각기 달랐다. 오랫동안 파파야를 키우고도 꽃이 피기 전까지 파파야인지 몰랐던 독일인 연구관님에게 이 일은 흥미로운 사건이었다. 연구관님은 이젠 오크라 대신 파파야 열매를 기대하고 있다며 이미 꽃이 피었는데 아직 열매가 없다고 한탄하셨다. 내게 열매를 수확할 수 있겠냐고 물으셨다. 나는 파파야가 암수딴그루인 식물이라 수나무만 있다면 영영 열매를 만날 수 없을 거라 알려드렸다. 그는 암꽃과 수꽃을 어떻게 구별하느냐 물었고 내 설명만으로는 영 이해하기 어려운 눈치였다. 나는 만약 꽃이 있으면 쉽게 비교해줄 수 있는데 지금은 늦가을이라 꽃이 없어 아쉽다고 했다. 그러자 연구관님은 꽃이 있다며 정원에 나가 꽃을 꺾어 오셨다. 정원에는 사람 키를 훌쩍 넘는 더 큰 파파야 나무들이 있었다. 이 늦가을 추위에 야외에서 꽃을 피운 파파야라니! 게다가 꽃을 살펴보니 수나무와 암그루 모두 자라고 있었다. 나는 식물을 공부했다고 아는 건 아니라는 걸 다시 한번 느꼈다.

우리는 식사 후에 파파야 나무가 자라는 작은 정원에 모닥불을 피워놓고 둘러앉았다. 연구관님은 우리를 죽 둘러보며 이곳에 다양한 국적만큼 다양한 언어가 있다며 게임을 하자고 하셨다. 첫 번째 사람이 자신의 언어로 무언가를 얘기하면 다음 사람이 그 뜻을 추측한 뒤 자신의 언어로 얘기하고, 두 번째 사람의 말을 듣고 세 번째 사람이 또 추측하여 자신의 언어로 얘기하는 게임이었다. 그렇게 차례로 일곱 개의 언어로 돌아가며 얘기한 뒤 마지막에 자신이 이전 사람의 말을 추측해 무슨 말을 했는지 영어로 설명한다. 흥미롭게도 첫 번째 게임에서는 모두 비슷한 내용을 자국의 말로 했다. '불가에 모여 앉아 여러분과 함께 시간을 보내게 되어 행복하다'는 내용이었다. 두 번째 게임은 내가 먼저 시작했는데 나는 한국에서는 흔히 모닥불에 고구마를 구워 먹는다고 얘기했다. 당연히 그건 맞출 수 없는 내용이었지만 각자가 추측한 전혀 다른 내용을 듣는 건 재미있었다. 우리는 모두 인간이기에 서로를 이해할 수 있으면서도 다른 문화에서 자라났기에 다르다. 세상엔 파파야를 알아볼 수 있는 사람과 알아볼 수 없는 사람, 알아볼 수는 있어도 파파야와 함께 자란 사람만큼은 잘 알 수 없는 나 같은 사람이 함께 살아가고 있다.

다시 겨울

Winter again

12월

December

겨울 숲속에서 만난 선물 같은 나무

이제 나무와 나무 사이를 가득 메웠던 나뭇잎들이 모두 땅 위로 내려앉았다. 연구소의 숲은 튤립나무, 미국풍나무, 레드메이플, 화이트오크 등의 낙엽활엽수가 주를 이룬다. 그래서 잎이 풍성한 여름에 초록빛이 찬란하고 가을에는 단풍이 가득하지만, 잎이 사라진 겨울에는 나뭇가지만 남아 아주 쓸쓸하다. 이 나무들은 대개 아래쪽에서 가지가 많이 갈라지지 않고 하나의 나무 기둥으로 곧고 높게 자란다. 겨울에 숲속을 걸으면 나무 기둥들이 로마 신전의 기둥처럼 느껴진다. 회갈색 나무 기둥들 사이로 나뭇잎에 가려졌던 풍경이 저 멀리까지 보인다. 잎이 져버려 기둥만 남은 나무들은 구별이 잘되지 않아 비슷비슷해 보이는데 그 사이에서 유난히 초록으로 반짝거리는 나지막한 나무를 발견할 수 있다. 그 나무는 분명 여름에도 그곳에 있었지만 다른 나무들의 초록 물결에 가려져 있었다. 그러다 겨울에 홀로 잎을 떨어뜨리지 않고 초록빛을 발해 겨울의 주인공이 된다. 바로 호랑가시나무다.

처음 메릴랜드에 도착한 날 나는 이곳이 서울보다 따뜻하다

217

는 걸 금방 알아챘다. 왜냐하면 공항에서 연구소로 오는 길에 차창 너머로 미국호랑가시나무$^{Ilex\ opaca}$를 발견했기 때문이다. 서울에서는 온실이 아니면 야외에서 호랑가시나무를 만나기 힘들었지만 따뜻한 남쪽에 살던 어린 시절엔 정원에서 호랑가시나무를 종종 볼 수 있었다. 정원수로 먼저 만나서일까 나는 호랑가시나무가 한국 식물처럼 느껴지지 않았고 어쩐지 그 형태도 서양 식물같이 생겼다고 생각했다. 그래서 이후 제주도와 남쪽 해안가에 식물조사를 가서 야생 호랑가시나무가 숲속에서 자라는 걸 처음 봤을 때 새삼 놀랐던 기억이 있다.

사실 호랑가시나무와의 인연은 내 생각보다 훨씬 오래되었다. 나는 호랑가시나무를 실제로 만나기 전부터 호랑가시나무를 많이 그렸기 때문이다. 어릴 때 크리스마스카드를 만들어 여러 사람에게 선물했었다. 종이접기와 그림 그리기를 좋아해서 이 두 가지를 다 할 수 있는 크리스마스카드 만들기는 큰 즐거움이었고 거기엔 호랑가시나무가 빠지지 않았다. 카드에 '메리 크리스마스'라고 적은 뒤 그 주변 장식으로, 혹은 크리스마스 리스로 호랑가시나무의 잎과 열매를 그려 넣었다. 그때 빨갛고 동그란 열매는 그리기 쉬웠지만 가시가 있는 잎은 어려워서 꽤 고민하며 그렸다. 호랑가시나무는 가시가 특징인데 자칫 가시가 너무 작거나, 덜 예리하거나, 그 수가 많거나 적으면 호랑가시나무잎

218

처럼 보이지 않기 일쑤였다. 그렇게 뾰족뾰족한 초록 잎을 열심히 그리면서도 왜 호랑가시나무의 잎에 그런 모양의 가시가 있는지 그때는 알지 못했다.

식물 공부를 시작하고 얼마 뒤 우리나라에 완도호랑가시나무라는 자연 잡종이 있다는 걸 알게 되었다. 호랑가시나무와 감탕나무가 야생에서 수정되어 만들어진 잡종인데 가시가 날카로운 호랑가시나무와 가시가 없는 감탕나무의 중간쯤 되는 형태의 잎을 가진다. 호랑가시나무에 비하면 가시가 좀 덜 뾰족하고 그 수도 적은 것이다. 나는 유전자가 섞여 그 중간 형태의 개체가 나온다는 게 신기했고 한편으론 어릴 때 그린 호랑가시나무 중에 잘못 그렸다고 생각한 건 완도호랑가시나무였다고 우기면 되겠다는 생각에 웃음이 났다. 이후 우연히 호랑가시나무잎의 가시에 관한 한 논문을 읽게 되었다. 호랑가시나무 한 그루 내에서 가시가 많은 잎도 있고 적은 잎도 있는데 스페인 과학자들이 그 이유에 대해 연구한 뒤 쓴 논문이었다. 호랑가시나무는 대체로 나무 아래쪽 잎에는 가시가 많고 위쪽 잎에는 가시가 적다고 한다. 내 키가 닿는 곳의 가지를 주로 채집해왔던 나는 식물을 조사하며 그런 호랑가시나무잎의 형태 차이를 발견하지 못했다. 두 종이 섞인 완도호랑가시나무와 달리 스페인 과학자들이 연구한 건 나무 한 그루 안에서 발생한 잎의 변이였다. 그러니 가시가 많은 잎도, 적은 잎도 다 같은 유전자를 가진다. 같은 유전자를 가지고도 높이에 따라 잎의 형태가 달라지는 건 환경에 반응한 유전자 발현의 차이다. 초식동물이 잎을 먹지 못하도록 아래쪽에는 가시가 많은 형태를, 초식동물이 뜯어먹지 못하는 위쪽에는 가시가 없는 형태를 만들어낸다. 환경에 적응한 호랑가시나무의 지혜인 셈이다.

겨울을 나는 호랑가시나무는 다른 지혜도 발휘한다. 잎이 떨어져 숲이 비워지면 햇빛이 낮은 곳까지 닿는다. 햇빛을 가로채는 경쟁자가 없는 것이다. 상대적으로 성장 속도가 느려 키가 작은 호랑가시나무는 겨울 햇빛이 강하지는 않아도 혼자 오롯이 햇빛을 받을 수 있다. 겨울에 낙엽수들이 잎을 떨어뜨릴 때 홀로 푸른 잎을 지킴으로써 여유롭게 광합성을 하는 것이다. 대신 겨울의 추위를 견디기 위해 잎을 단단하고 도톰하게 만든다. 겨울에 홀로 푸르면 초식동물의 눈에 띄어 표적이 되기 쉬운데 잎의 가시가 이를 방어한다. 여러 식물이 빽빽하게 자라는 숲속에서 호랑가시나무는 경쟁을 피하고 천천히 자기만의 방식으로 살아간다. 그 덕분에 겨울을 나는 새들에게도 도움을 준다. 겨울에도 풍성하고 가시가 많은 잎 때문에 나무는 새들에게 폭풍과 포식자를 피하는 피난처가 된다. 또한 새들의 겨울 양식이 되는 빨간 열매를 선물한다. 크리스마스의 산타클로스처럼.

겨울에 서양에서 호랑가시나무는 예수를 상징한다. 예수가 머리에 쓴 가시 면류관을 연상시키고, 붉은 열매는 예수가 흘린 피, 뾰족뾰족한 잎 형태는 불꽃을 닮아 불타는 사랑을, 겨울에도 시들지 않는 초록 잎은 영생과 부활을 의미한다고 한다. 호랑가시나무류를 통틀어 영어로 홀리^{holly}라고 부르는데 '성스러운'이라는 뜻을 가진 단어 홀리(holy)와 철자와 발음이 닮았다. 그러나 이런 이유 때문이 아니더라도 호랑가시나무는 겨울을 나는 지혜와 너그러움을 몸소 보여주는 성스럽고 아름다운 나무다.

떨어진 나뭇잎의 운명

크리스마스 연휴가 시작되던 23일 토요일, 나는 집주인 할머니와 함께 강아지를 산책시키러 가까운 공원에 갔다. 집 근처에 있는 자연공원은 작은 해변과 큰 호수가 있는 아름다운 곳이다. 소복이 쌓인 낙엽을 밟으며 연못 주변으로 난 산책길을 상쾌하게 걸었다. 연못가에는 물을 좋아하는 나무들이 높이 자라나 있고 간간이 특이하게 생긴 이끼나 버섯이 낙엽 사이에서 얼굴을 내밀고 있었다. 나는 긴 연휴의 첫날을 느긋한 산책으로 시작한 건 좋은 선택이라 생각했다. 할머니가 낙엽 아래 숨겨진 나무뿌리에 걸려 크게 넘어지기 전까지는 말이다.

나는 할머니의 긴 겨울 패딩 때문에 넘어진 건지 제대로 보지 못했고 살짝 주저앉으신 줄로만 알았다. 그러나 할머니는 한쪽 무릎과 얼굴을 땅바닥에 세게 부딪혔고 시간이 갈수록 코와 이마는 조금씩 부풀어 올랐다. 주차장으로 돌아가는 길에 나는 예전에 산에서 넘어졌던 얘기를 꺼내며 별일 아닐 것이라고 할머니를 위로했지만 사실 속으론 많이 걱정했다. 연휴 저녁엔 문을 연 병원이 거의 없었다. 다행히 할머니는 주치의와 통화할 수 있었고, 주치의에게 응급실에 가서 정밀 검사를 받아보는 게 좋겠다는 답변을 들었다. 나는 할머니를 모시고 근처 가장 큰 병원의 응급실로 갔다. 할머니는 자신만 내려주고 집에 가라고 하셨지만 나는 미국 병원이 처음이라 궁금하다고 농담하며 따라 들어갔다. 할머니는 응급실에서 5시간을 보냈고 나는 집과 병원을 오가다 한밤이 되어서야 할머니를 모시고 집으로 돌아왔다. 아픈 할머니가 신경 쓰여 잠이 오지 않는 새벽, 낮에 일어난 사고를 곱씹어보았다. 그건 분명 어쩔 수 없는 사고였지만 마음이 편치 않았다. 나무뿌리를 가리고 있던 낙엽이 한없이 원망스러웠다.

낙엽이 완전히 사라지기 위해선 무엇이 필요할까? 막연하게 봄이 오면, 혹은 1년쯤 지나면 되는 것일까? 책 사이에 넣어둔 낙엽이 오래도록 제 모양을 유지하는 걸 보면 단순히 시간의 문제는 아닐 것이다. 봄에 연둣빛 새잎이 나고 여름에 햇빛을 가득 받으며 초록을 발하다가 가을에 단풍이 되어 떨어질 때까지 우리가 관심을 가지는 건 나뭇잎의 인생이다. 그것은 초기 과학계에서도 비슷했다. 잎의 탄생과 성장, 죽음보다 낙엽의 부패와 사라짐에 관한 연구는 적었다. 1971년에 출판된 《The Fate Of The Dead Leaves That Fall Into Streams》(시냇물에 떨어진 죽은 잎의 운명)이라는 논문은 잎의 죽음 이후를 주목하게 했다. 이 논문은 아름다운 제목만으로도 과학적 사고뿐 아니라 다양한 생각과 상상을 하게 한다. 당연하게 낙엽이 분해되어 사라질 것이라는 결말보다 나뭇잎이 나무에서 떨어져 흙이 될 때까지의 긴 여정을 따라가보게 하는 것이다.

낙엽은 우리 주변 어디에서든 쉽게 볼 수 있다. 꼭 정원이나 숲이 아니어도 도로나 건물 위에도 있고 바람에 휩쓸리거나 물 위에 떠서 흘러가기도 한다. 나뭇잎은 어디에 떨어지는가, 누구를 만나는가에 따라 운명이 달라진다. 정말 '운명'이라는 단어에 걸맞은 다양한 경로가 기다리고 있다. 도시에서 낙엽은 따로 수거되기도 하지만 일반 쓰레기와 함께 버려지기도 한다. 따로 수거된 낙엽은 퇴비나 천연 재료로 사용될 수 있는 반면에 일반 쓰레기와 함께 매립된 낙엽은 새로운 문제를 초래한다. 잘 썩지 않는 쓰레기가 가득한 매립지엔 낙엽을 분해할 생물들이 부족하고 낙엽 또한 썩지 않아 매립 쓰레기의 양이 늘어나게 된다. 낙엽을 흙으로 변화시키기 위해서는 동물, 곰팡이, 박테리아 등의 도움이 필요하다. 그들은 낙엽을 분해하고 부패시킨다. 그들은 낙엽을 먹기도 하고 찢어서 사용하기도 하며 부패시켜 이용하거나 자신도 모르게 물리적 충격을 가해 분해를 돕기도 한다. 생물만이 아니라 바람, 물, 온도와 같은 무생물도 각기 다른 영향을 준다. 낙엽이 어떤 종인지, 주변에 어떤 식물들이 자라는지, 낙엽의 성분과 조직에 따라서도 분해 속도가 다르다. 그래서 단순히 여린 풀이 나뭇잎보다 빨리 분해된다거나, 바스락거리는 낙엽활엽수의 잎이 가죽질의 상록활엽수 잎보다 빨리 분해될 것이라 단정하기 어렵다. 어떤 과학자는 싱싱하게 살아 있는 잎보다 죽은 잎의 역할과 운명이 더 다양할 것이라 얘기했다. 낙엽은 분해되지 않았을 때도 생태계에서 중요한 역할을 한다. 토양이나 수분의 유실을 막아주고 낙엽 아래 동식물을 보호하며 피난처를 제공한다. 낙엽이 분해되며 빠져나오는 화학성분들은 생태계의 순환 고리로 들어가 점진적으로 다른 생물들에게 영향을 미친다. 그러므로 낙엽은 너무 빠르게도, 너무 느리게도 분해되지 않고 자신만의 속도로 사라지는 게 가장 아름답다.

크리스마스이브가 되었다. 할머니 가족들이 집에 왔고 간밤의 사건은 놀라움, 위로, 안심의 과정을 거쳐 무용담이 되었다. 다 함께 점심을 먹고 할아버지가 계신 숲속 묘지로 꽃을 드리러 갔는데 나는 그곳에서 묘비에 새겨진 날짜를 보고 할아버지가 지난해 크리스마스에 돌아가셨다는 걸 알게 되었다. 그리고 집으로 돌아오는 차 안에서 우리가 갔던 그 병원의 응급실에서 할아버지가 돌아가셨다는 것도 말이다. 나는 크게 후회되었다. 공원에 가지 말걸, 낙엽을 헤치며 앞장서 걸을걸, 응급실에서 할머니 곁에 내내 있을걸, 혼자 있어도 괜찮다는 말을 믿지 말걸…. 모든 일은 시간이 지나면 해결된다는 말이 있다. 그러나 정확하게는 시간만이 해결한다는 의미는 아닐 것이다. 새로운 도움과 위로, 추억이 그 시간 속에서 생겨나기 때문일 것이다. 이번에 새로 생긴 크리스마스의 추억처럼. 낙엽이 사라지는 과정, 아니 낙엽이 흙으로 다시 탄생하는 과정이 시간만으로 완성되지 않듯 모든 것엔 주어진 시간 속에 운명적인 이들과 사건들이 기다리고 있다. 모두에겐 슬프고 행복한, 아름다운 시간이 흐른다.

안개 낀 숲속에서 혼자

저녁에 안개 예보가 있었다. 밤늦게 퇴근하는 길에 숲속 저지대에서 짙은 안개가 피어오르는 걸 보았다. 다음 날 아침에 일어나니 사방에 안개가 가득해 창밖으로 아무것도 보이지 않았다. 이곳에 산 지 3년여가 되었지만 그런 짙은 안개는 처음 보았다. 안개 낀 그날, 2024년 12월 10일의 사건은 내 인생에서 영영 잊히지 않을 것이다.

전날 밤 나는 함께 사는 친구와 크게 싸웠다. 그에게 섭섭함이 있던 나는 심한 말을 했고 이사를 가겠다고 했다. 그는 몇 번이고 사과하고 더 대화하려 했지만 나는 방문을 열어주지 않았다. 다음 날 아침에 일어나니 삐뚤빼뚤한 한글로 쓴 편지가 문 앞에 놓여 있었다. 미국인인 그가 한글로 사과 편지를 쓴 것이다. 처음 쓴 한글이 얼마나 어려웠을까 생각하며 미안한 마음이 가득해졌다. 번역기를 이용한 모양인데 존댓말과 반말이 섞여 있고 약간의 문법적 오류들도 있었다. 그걸 보니 더 미안하고 눈물이 났다. 출근이 늦어져 서두르다가 얼떨결에 가방에 편지를 넣고 연구소에 갔다.

9시 정각에 동료와 새로운 실험을 해야 했는데 안개로 인해 내가 20분이나 늦어버렸다. 동료에게 사과했지만 마음은 좋지 않았다. 실험을 하다가 동료와도 문제가 생겼다. 나는 함께 논문을 쓰기 위해 실험을 한다고 생각했는데 동료는 단순히 나를 도와줄 생각이었던 거다. 그런 각자의 다른 마음을 모른 채 실험에 임하니 동료는 자꾸 내게 실험 도구나 재료가 어디에 있는지, 논문의 방향과 실험 방법은 어떻게 되는지 물어 왔다. 결국 나는 화가 나서 오늘은 실험을 접는 게 좋겠다고 얘기했다. 그 뒤 동료에게 메시지를 보내 왜 함께하는 실험인데 스스로 찾거나 공부하지 않느냐고 질타했다. 메시지를 주고받다 보니 그는 손품이 많이 드는 실험을 단순히 도와주고 싶은 마음이었다는 걸 알게 되었다. 우리는 오해를 풀었고 그는 끝까지 나를 도와주겠다고 했지만 나는 괜찮다며 사양했다. 마음만 고맙게 받고 혼자 하는 게 낫겠다고 답했으나 섭섭해하는 그를 보며 마음이 편치 않았다.

사무실에 돌아와 책상에 앉으니 올해가 가기 전에 끝내야 하는 일들이 마음을 짓눌렀다. 논문, 연구 제안서 2개, 프로젝트 2개, 실험 2개. 그중 논문은 올해 몇 번 거절된 것이라 매우 스트레스를 받고 있었고 꼭 크리스마스 전에 끝내고 싶었다. 이 논문 때문에 선임연구관님과 아침부터 계속 메일을 주고받고 있었다. 선임연구관님은 좋은 논문을 위해 인내심을 가지고 최대한 수정하길 원하셨지만 나는 너무 지친 나머지 그냥 제출해버리고 싶은 마음이었다. 16번의 메일 끝에 가닥을 잡고 다음 단계를 결정했다. 다른 일을 시작하려고 마음을 다잡으려 했으나 어질러진 책상 위에 친구가 한글로 쓴 편지를 보자 갑자기 눈물이 쏟아졌다. 나는 동료들에게 눈물을 보이지 않으려고 안개 가득한 숲으로 뛰쳐나갔다.

안개 속에서는 한 치 앞이 보이지 않았다. 3년이나 걸었던 길이니 너무 잘 아는 길임에도 완전히 낯선 곳으로 느껴졌다. 이정표로 삼았던 언덕과 강, 큰 나무가 하나도 보이지 않았다. 멈춰서서 주변을 확인하고 가끔은 더듬더듬 앞으로 나아갔다. 그 와중에 머릿속엔 이런저런 답답한 일들이 떠올랐다. 정처 없이 숲을 걷다가 겨우 사무실로 돌아왔으나 다시 일할 엄두가 나지 않았다. 마음도 싱숭생숭하고 운전도 걱정되어 평소보다 일찍 사무실을 나왔다. 등 뒤에서 동료가 안개가 짙으니 운전 조심하라고 내게 소리쳤다. 항상 조금 꺼렸던 교차로가 있었는데 그전 교차로에서 좌회전 기회를 놓치면서 얼떨결에 그곳으로 들어섰다. 그곳엔 신호등이 없고 차가 많은데 대개 큰길의 차들이 잘 양보해주지 않는다. 양쪽에서 오는 차를 여러 번 확인한 뒤 좌회전해 큰길로 들어서려는데 어디서 갑자기 나타났는지 이미 검은 차가 내 왼쪽 차창 바로 곁에 와 있었다. 그 장면이 너무 선명하게 기억난다. 죽는다고 생각했기 때문이다. 운전석을 부딪혀 차 앞쪽이 완전히 박살나고 미끄러지며 돌다가 도로 한복판에 멈춰 섰다. 곧 경찰차와 응급차, 다른 차들에서 여러 사람이 다가와 나를 구조했다. 사람들이 나에게 이름과 생일 등을 물어 왔지만 나는 순간 영어를 완전히 잊어버렸고 안개 자욱한 도로 위에 주저앉아 펑펑 울었다.

다치긴 했지만 폐차된 차를 보며 사람들은 내가 산 게 기적이라 했다. 사고 후 안정되었을 때 감사 기도를 드렸다. 외국인인 내게 사고 이후 수습과정은 너무 버거웠다. 보험, 병원비, 폐차, 영어로 된 문건들, 내게 차를 빌려준 차 주인과의 대화 등. 무엇보다 왼쪽 다리를 다쳐서 걷지 못했다. 꿈에서는 운전석 왼쪽 창으로 검은 차가 끊임없이 등장했다. 이런 나의 정신적·육체적 두려움과 걱정은 이곳에서 알게 된 많은 사람의 도움으로 하나씩 극복해나갈 수 있었다. 함께 사는 친구, 선임연구관님들, 실험실의 동료들, 연구소에서 사귄 친구들은 행정적인 일뿐 아니라 일상적인 일들, 병상 옆 말동무까지 해주었고 병원비나 보상비에 대해 걱정하는 내게 그것도 도와줄 테니 걱정하지 말라고 했다.

사고 후 다리가 나아질 때까지 침대에서 시간을 보내며 생각했다. 나는 자주 이곳에서 이방인이고 외톨이라 느꼈다. 기본적인 것도 잘 모르는 타국에서 혼자 헤쳐나가는 게 너무 힘겨웠다.

그런데 사고 후 나는 가만히 침대에 있었을 뿐 주변 사람들이 모든 문제를 해결해주었다. 이곳에도 '나의 사람들'이 있었다. 안개가 짙은 곳에 서 있으면 딛고 선 발 밑의 땅만 느껴진다. 주변이 보이지 않고 막막하다. 무섭고 답답한 마음에 안개를 벗어나려 뛰어본들 부딪히고 다칠 뿐이다. 차분히 조금만 기다려 안개가 걷히고 나면 하나둘 곁에 있는 풀과 나무가 보인다. 이후엔 저 멀리 산과 강도 볼 수 있고 다시 길을 찾게 될 것이다. 그러곤 안개 덕분에 숲을 이루는 모든 구성원이 더 선명하고 촉촉하게 생동하게 되었음을 깨닫게 된다.

태평양의 동쪽에 서서

미국 서부의 해안 캘리포니아에 왔다. 크리스마스 연휴에 서부를 탐험하며 식물을 만나기 위해 몇 달 전에 계획한 여행이었다. 그러나 느닷없는 교통사고로 다리를 다치면서 여행을 취소할까 계속 고민했다. 기착지에서 안개로 인해 비행기가 취소되었을 땐 이번 여행은 하지 말라는 운명인가 하는 생각까지 들었다. 게다가 교통사고가 났던 그날처럼 또 안개라니. 함께 여행하는 친구는 걱정하는 나를 안심시키고, 기착지에서 하루 묵을 호텔을 구하고, 크고 복잡한 공항에서 내내 휠체어를 밀어주었다. 우리는 이틀간의 고생 끝에 드디어 캘리포니아의 남쪽 도시 샌디에이고에 도착했다. 공항을 나오니 빛나는 햇살 속에 야자수들이 이제는 고생이 끝났다고 말해주는 것 같았다.

10여 년 전에 우연히 어떤 책을 샀다. 그 후로 계속 캘리포니아의 식물을 만날 날을 간절히 꿈꾸었다. 그 책은 캘리포니아에서 발생하는 슈퍼블룸Superbloom을 다룬 책이다. 슈퍼블룸은 사막지대에 많은 야생화 씨앗이 건조한 기후 속에 오랫동안 잠자고 있다가 비가 오면 한꺼번에 꽃을 피우는 현상이다. 꽃이 피는 조건은 단순하지 않은데 적당한 비, 서서히 따뜻해지는 온도, 더위와 추위를 막아줄 구름, 강하게 불지 않는 바람이 합쳐져야 한다. 계절을 따르거나 주기적이지 않아 예측하기 힘들고 매우 드물게 일어난다. 식물이 없는 나지막한 사막 언덕에 갑자기 색색으로 꽃밭이 펼쳐지는 건 정말 장관이다. 오렌지색 캘리포니아양귀비, 여러 종류의 보랏빛 루피너스, 눈부신 푸른색 캘리포니아블루벨, 레몬 빛깔의 모래버베나 등이 기회를 놓치지 않으려고 한껏 아름답고 향기롭게 피어난다. 슈퍼블룸을 시작으로 캘리포니아의 식물을 조사하면서 그곳의 다양한 환경과 식물에 매료되었다. 나는 책장에서 그 책이 눈에 띌 때마다 펼쳐보며 언젠가 캘리포니아에서 식물들을 만나리라 다짐했었다.

샌디에이고는 멕시코와 인접한 지역으로 1년 내내 따뜻하고 쾌적하다. 춥고 습한 메릴랜드의 겨울 속에 있다가 야자수가 즐비한 곳에 오니 서울에 있다가 제주도에 도착했을 때와 같은 들뜬 기분이 들었다. 야자수가 반겨주는 공항 풍경도 비슷했다. 도심을 벗어나기까지는 제주도와 비슷한 느낌을 많이 받았는데 건조한 구릉이 펼쳐지자 풍경은 전혀 달라졌다. 건조한 토양 위엔 작은 나무와 풀이 덤불을 이루어 낮게 자라고 있었다. 지대가 조금 높은 곳으로 이동하자 큰 나무들이 등장했는데, 대부분 유칼

립투스였다. 거대하게 자라나 숲을 이루고 있어 자생식물처럼 보였지만 유칼립투스는 호주에서 온 외래종이다. 다른 나라에서 들어와 야생으로 침입한 외래종을 많이 보았지만 이렇게 커다란 숲을 이룬 모습은 처음이었다. 덤불 사이사이에 아티초크가 야생으로 자라는 모습도 특이했다. 아티초크는 큰 엉겅퀴를 닮은 꽃을 피우는데 꽃봉오리일 때 채소로 먹는다. 나는 아티초크의 꽃봉오리가 마트의 매대에 놓여 있는 것만 보았다. 야생 아티초크가 구릉에 가득한 것도, 겨울이라 꽃이 지고 씨앗이 날리고 있는 것도 내게 생소하기 그지없었다. 샌디에이고에서 나고 자란 친구는 자신에겐 평범한 풍경에 계속 충격받는 내 모습이 재미있는 모양이었다.

동네를 한 바퀴 돌면서 정원을 구경하거나 근처 공원과 묘목장만 구경해도 새로운 것이 많았다. 동부에 흔한 잔디, 장미, 사과나무는 건조한 날씨에 맞지 않아 힘겹게 자라는 듯 보였고 대신 선인장, 알로에, 용혈수, 여러 종류의 다육식물이 거대하고 아름답게 정원을 장식하고 있었다. 중국에서 본 자카란다, 대만에서 본 홍콩난초나무, 인도네시아에서 본 플루메리아, 브라질에서 본 산호나무처럼 다른 따뜻한 나라에서 만난 적이 있는 관상수도 눈에 들어왔다. 한국이 원산지인 모감주나무와 털머위가 관상용으로 키워지는 게 신기했다. 처음 보는 식물도 있었다. 블

루베리꽃과 소귀나무 열매를 동시에 가진 듯한 딸기나무^{Arbutus} ^{unedo}와 기괴한 보라색 날개처럼 보이는 코스타리카나비포도나무$^{Dalechampia\ aristolochiifolia}$에 나는 시선을 뗄 수 없었다. 샌디에이고에 오기 전에 이곳이 원산지인 특이한 식물을 찾아봤다. 사진으로 보았을 때는 특별히 흥미가 가지 않았는데 실제로 만나고 관찰하며 감탄했다. 언뜻 보면 선인장을 닮았으나 진화적으로 독립된 그룹에 속하는 푸키에리아^{Fouquieria}, 유카와 가깝지만 가지를 치며 큰 나무로 자라는 죠슈아나무$^{Yucca\ brevifolia}$는 이곳 특유의 풍경을 더욱 아름답게 완성해주었다.

친구는 나를 해변으로 데려갔다. 메릴랜드에 있을 때부터 샌디에이고 해변을 자주 얘기했던 친구는 고생 끝에 마침내 우리가 함께 바다를 바라보게 되어 무척 기뻐했다. 나는 태평양의 동쪽 해안에 서 있음에 감사했다. 한국, 일본, 러시아, 중국, 캄보디아, 인도네시아 등 태평양의 서쪽을 하나씩 탐험하며 머릿속에 식물의 진화를 그려왔다. 언젠가 태평양의 동쪽 해안을 탐험하며 환태평양 지대의 식물 진화를 이어서 그려나가길 바랐는데 오늘 처음 태평양의 동쪽 해안에 온 것이다.

해변을 한참 걷다가 절벽에서 위태롭게 자라는 위성류 한 그루를 만났다. 위성류는 1년에 두 번 꽃을 피우고 그 형태와 크기가 다르다. 석사 과정에 입학할 때 무얼 공부하고 싶으냐는 지도

교수님의 첫 물음에 위성류를 얘기했었다. 식물학자를 꿈꾸는 열정 가득한 학생의 첫 포부였는데 교수님이 웃으며 그걸 연구하려면 캘리포니아로 가야지 왜 우리 연구실에 들어왔냐고 하셨다. 그리고 드디어 15년 전의 대화 속 주인공을 오늘 이곳에서 만난 것이다.

식물은 이동하지 못한다. 그래서 내가 식물이 있는 곳으로 가야 한다. 식물을 만나러 가는 길은 용기가 필요하고, 어렵고 위험한 순간도 많지만 나는 식물 덕분에 세상을 알아가고 있다. 지구엔 만나고 싶은 식물이 가득하기에 그만큼 앞으로 내가 만날 좋은 사람과 아름다운 경험도 가득할 것이다. 지구에 식물이 있음에 감사하며 나의 식물 탐험이 내 평생에 계속되길 소망한다.

부록

Memory Book

연구소 캠퍼스에 있는 유적지

여름에 꽃을 피운 티풀라리아 디스콜로르

▲ 연구소 캠퍼스에서 자라고 있는 서양배나무 ▼ 다양한 난초가 전시된 오키드쇼의 한 부스

잎과 함께 떨어진 튤립나무 꽃

마지막 해를 보냈던 목초지가 넓은 집

여름에 꽃을 피운 다우니 래틀스네이크 플랜틴

5월에 첨탑에서 내려다 본 숲과 연구동

국립아마존연구소의 표본실 입구

아마존 열대우림의 거대한 나무

열대우림을 조사하고 있는 국립아마존연구소의 과학자들

자원봉사를 했던 농장에서 수확한 농작물

▲ 친구와 집 뜰에 만든 실험 텃밭 ▼ 저그베이 습지보호구역

▲ 실험실 모습 ▼ 현미경으로 난초 곰팡이를 관찰하는 모습

▲ 가을에 아주 작은 꽃을 피우는 어텀 코랄 루트 ▼ 연구소에서 자라는 밀크위드

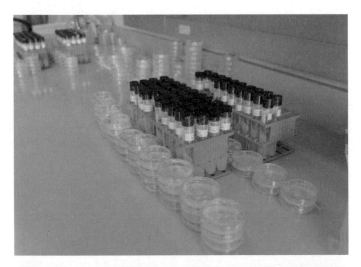

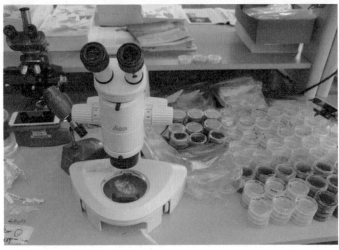

▲ 난초 곰팡이를 키우는 모습 ▼ 난초 곰팡이와 현미경

안개 낀 메릴랜드의 풍경

태평양의 동쪽 샌디에이고의 라 호야 쇼어스 해변

샌디에이고에서 만난 대극속 식물

▲ 다양한 국적의 친구들과 함께 ▼ 실험실 동료들과 함께

▲ 데니스 선임연구관 ▼ 멜리사 선임연구관

농장의 자원봉사자들과 함께

▲ 스미스소니언 환경연구센터의 연구동 ▼ 연구소 캠퍼스에서 가장 많이 산책했던 길

연구소 강가의 해돋이 풍경

감사의 말
Acknowledgement

I thank my colleagues in the Plant Ecology Laboratory: Angela Turner, Brett Morgan, Grace Dougherty, Hope Brooks, Ida Hartvig, Josie Basch, and Mary Ann Christenson. I would also like to thank Martin Thiel, Philip Christenson, and Janice Whigham, whom I met at SERC.

I will miss Flávia Costa, Daniela Bôlla, Fernanda Modesto, and Filipe Aramuni who gave me great memories in the Amazon.

I am very lucky to have met my friends Arem Areglado, Diamela De Veer, Eva Blockstein, Eva Neill, Fitria Tisa Oktalira, Flávia Costa Areglado, Ninoshka Lopez, and Julienne Vinculado.

It was a wonderful time with Myriam Ramsey and her family.

I am much obliged to Lloyd Lewis and the volunteers at the South County Community Garden for the fresh produce, and the fun times.

I am grateful to my best friend Gina Youn, who helped me endure the difficult and lonely life in America, and always gave me great courage in life.

I also appreciate Theodore Fantano for always being there for me and for giving me strength. Finally I thank his family, Gene, Gwenmarie, Salvatore, and Anthony for kindly inviting me to their home.

식물학자의 숲속 일기

ⓒ 신혜우, 2025

초판 1쇄 발행 2025년 4월 1일
초판 3쇄 발행 2025년 5월 28일

지은이   신혜우
펴낸이   유강문
편집1팀   김진주 이연재
마케팅   김한성 조재성 박신영 김애린 오민정

펴낸곳   (주)한겨레엔 www.hanibook.co.kr
등록   2006년 1월 4일 제313-2006-00003호
주소   서울시 마포구 창전로 70(신수동) 화수목빌딩 5층
전화   02) 6383-1602~3 팩스 02) 6383-1610
대표메일   book@hanien.co.kr

ISBN   979-11-7213-234-7 (03810)